*El jinete morisco*

Rodrigo de Zayas

# El jinete morisco

NOVELA

ALMUZARA
2009

© Rodrigo de Zayas, 2009
© Editorial Almuzara, s.l., 2009

Primera edición: octubre de 2009

Reservados todos los derechos. «No está permitida la reproducción total o parcial de este libro, ni su tratamiento informático, ni la transmisión de ninguna forma o por cualquier medio, ya sea mecánico, electrónico, por fotocopia, por registro u otros métodos, sin el permiso previo y por escrito de los titulares del *copyright*.»

Colección Novela
Editorial Almuzara
Director editorial: Antonio E. Cuesta López
Edición de Javier Ortega
www.editorialalmuzara.com
pedidos@editorialalmuzara.com - info@editorialalmuzara.com

Diseño y preimpresión: Talenbook
Imprime: Kadmos

I.S.B.N: 978-84-92573-87-5
Depósito Legal: Co-1108-09
Hecho e impreso en España - *Made and printed in Spain*

*Ahora su melodía*
*Duerme con los ecos.*
*Definitiva y pura.*
*¡Con los últimos ecos!*

Federico García Lorca

# I

# ARRUSA

¡Casi once meses que ese pilluelo estaba dentro, *ya qalbi*! Nunca se había visto un vientre tan gordo, tan pesado. Pero Arrusa era demasiado hermosa para ser mujer de cuarenta años cumplidos. Eso decían los rectores. Vengaban así los sueños culpables que ella les provocaba; sueños redondos, aterciopelados, llenos de colores vivos y de caricias secretas. Arrusa se alzaba sobre las puntas de sus pies, pequeños y desnudos, para alcanzar las últimas aceitunas de su cosecha. Arrusa, eterna novia, con pies y porte arqueados, con su cabellera de ámbar, perfumada con almizcle: aceptaba su mote porque devolvía al céntuplo el afecto que le tenían los creyentes. En realidad, se llamaba Fatma, como Sultana, la reina madre de antaño. Pero todo el mundo podía llamarse Fatma, incluso las reinas madres, aunque ¡sólo había una Arrusa! El Misericordioso consolaba así a los habitantes del paraíso perdido.

¡Había que terminar con el asunto del pilluelo, *ya rabbi*! Su cabellera caía sobre pechos hinchados, tendidos por el esfuerzo, frustrados en su ímpetu materno por ese pequeño demonio que no quería saber nada de las realidades del mundo. El burronecio del curandero, que las barbas le ardan, repetía que había que ser paciente, que la naturaleza tenía sus necesarias exigencias.

El otro imbécil, *alfāqi* Muhammad, jura que está escrito en las estrellas que el niño va a nacer niño y que además será alto, fuerte, guapo, y tendrá un porvenir de lo más brillante. ¡*Ya māma*! Todos son unos mentirosos de mucho cuidado. La naturaleza se burla de nosotras y nuestro porvenir está en el lejano pasado con esos borrachos bebedores de sangre que se lo comen todo y queman el resto. Don Pedro, el cura, quiere exorcizar el vientre de Arrusa para sonsacar algún maravedí. Don Pedro dice que un primer hijo no puede nacer tan tarde en la vida de una mujer honesta sin que medie alguna diablura del diablo. El nombre cristiano de Iblis debe ser Pedropedropedro, tres veces Pedro como en el infierno que nos prepara Pedro de Deza, el asesino que quiere matarnos a todos en el nombre del niño Jesús. Sí, aquí es donde se está bien, en la parte más alta del campo de olivos, donde no hay cristianos viejos ni tampoco hermanos, hermanas, tíos, tías y primos. Si solamente estuviera aquí Fares. Él sí que sabe callar y acariciarla donde hace falta, hablarle dulcemente, sin preguntar, cantarle al niño que se pone a bailar como si reconociera la voz de su padre. Pero hay que mezclar los tintes, sobre todo la púrpura, porque a los nazarenos les gusta la púrpura, quizás porque todos aspiran a ser cardenales, preparar y bañar los tejidos, negociar con los mercaderes de sedas, convencer los compradores, pagar el diezmo ordinario a la Iglesia, el diezmo extraordinario a la misma, la alcabala, las tasas especiales, las multas laicas, sobornar al alguacil y a don Pedro el cura para poder trabajar los domingos y no asistir a misa…

Arrusa debía recoger las aceitunas, redondear el fin del año ¡como si su vientre no estuviera lo suficientemente redondo!

Fares... ¡tantos años ya! El bueno de don Hernando de Talavera, primer obispo de Granada, los había casado en la iglesia de San Francisco, antes de morir de mala muerte. Habían cantado zambras en la misa como en los pueblos de la serranía. Ahora, las zambras están prohibidas. Todo está prohibido. ¿Puede ser que exista un paraíso para quienes comen puerco? ¿Un paraíso lleno de cochinitos negros, de inquisidores y de cenobitas gordos, embadurnados con tocino rancio? Qué mal huelen los pobrecitos, qué sucios son. ¡Pobre, pobre don Hernando! Sus rabietas... Pero quizás sea mejor así. Ya nadie piensa convertirse a esa fe bárbara. Don Hernando de Talavera era demasiado convincente con su ademán de abuelito bueno. En el fondo, también era listo como el zorro. ¡Toleraba la vida! ¿Es posible tolerar la vida cuando se ama la muerte?

Algún día, Fares caerá muerto en algún monte perdido. Los nazarenos, o cristianos como dicen ellos, están sedientos de sangre. ¡La beben en sus misas! No saben que Dios es misericordioso. Matan sin piedad. ¡Verterán sangre en sus cálices y la beberán a la salud de su crucificado! Arrusa, la hermosa casada, tendrá que ir a llorar a su Fares so el olivar. ¿Cómo podrá llorar con ese vientre que no le permite respirar? Ah, si Fares estuviera a su lado en este momento, ayudaría a llevar el fardo y a alcanzar esa última aceituna, maldita sea, es la más gorda, hay que cogerla, ¡ay! será el regalo de la casada al casado, ¡ay! ¡ya está! *Yallah*, mi pequeño, ya basta, te estás retrasando y eso no está bien. No, miento, no eres pequeño sino grande y gordo, ¡*ya 'ayūni*! Ya va un mes que tu papá me mama como un bebé, si no ¡se vería obligado a ordeñarme como una oveja! ¿Te imaginas? Toda esa leche te espera, es para ti. Me duele cuando mis pechos se hinchan ¿sabes? Ven, mi tesoro, bebe mi leche y te pondrás alto y fuerte, no permitas que mis pechos estallen. ¿Y si fueras una niña? ¿Una hermosa niña, con pies minúsculos? Pies de muñeca con cinco perlitas rosas en sus extremos… ¡Ay, no! Eres un niño, lo sé, lo siento. Serás un gigante lanzador de peñones como en nuestras leyendas. Pobre de mí, estoy cansada. Ya anochece. Las lámparas centellean en el Albaicín, ven, ven *harām 'ana*, mis pechos serán para ti más suaves que mi vientre, te lo prometo, ven, no temas, la lechuza te está llamando, ha llegado el momento.

Le pareció que algo se movía por debajo de la manta cubierta de aceitunas. Instintivamente, se echó atrás. Una culebra negra se deslizó, perfilando su lengua bífida. Se serenó: esa culebra iba a parir. Con un esfuerzo, la recogió y le dio el calor de sus pechos. El universo estaba a punto de parir y hacía frío. Es verdad, esa no era temporada para lechuzas y culebras, ¡habían acudido sólo para asistir al parto! Fares lo entendería, pero no estaba y había que ponerse en camino. Arrusa llevó, lentamente, su hijo y su culebra hacia el extremo más alto del campo de los olivos, atravesó el camino, siguió a lo largo de la muralla bermeja, subió otro poco más y vio la entrada de la pequeña gruta donde venía a descansar desde su más tierna infancia. Arrusa no pensó en apartar la culebra, incluso cuando cortó el cordón umbilical con sus dientes, como una beduina. Era un niño. Eso lo sabía todo el mundo desde hacía meses. Curioso ese grito. ¿Gritará así mañana cuando lo bauticen? ¡Pobre hombrecito! Don Pedro, manos mugrientas, agua bendita, mirada viscosa, olor a rata muerta con vinaza. ¡Bah! No debes reírte nunca en presencia de un cura, mi pequeño tesoro. Los cristianos veneran la sangre, la desdicha, la esterilidad y eso trozos de cadáveres en estado de descomposición que llaman reliquias.

La culebra estaba mamando su pecho derecho. Arrusa ofreció su pecho izquierdo al recién llegado, que no dudó ni un instante sobre el cómo y porqué del asunto. Los pechos de Arrusa estaban perfumados con el romero que había frotado sobre su piel morena, bajo el sol de mediodía. Su corazón de madre latía con regularidad y sosiego; nunca había sentido nada tan bello, tan inmenso. Entonces recordó que tenía miedo a las serpientes, pero el temor se apartaba ante la idea poética de que acababa de parir al sol en plena noche: Shams *wa Leila*, hermanos unidos por los lazos insolubles del día y de la noche.

Arrusa sonrió y sintió que su corazón latía con más fuerza: Fares acababa de entrar. Acarició su vientre, luego la cabeza de su hijo. Supo guardar silencio. La culebra ya no estaba, pero Arrusa la había olvidado. Invisible y obstinada, la lechuza hilaba notas de pureza.

Arrusa estaba profundamente feliz. Muy cercano, un manantial reflejaba la bóveda celeste sembrada de oro. Se llamará Shams, dijo; Shams el sol, hijo de Fares el jinete, ¡*ya Shamsi, ya qalbi*!

Apoyó su cabeza contra el corazón del hombre y durmió del mismo sueño profundo que el pequeño rayo de vida que ahora estaba acurrucado entre los dos. La lechuza se fue volando hacia alguna noche de verano.

En su sueño acompasado y colorado, Arrusa hizo lo que hacen las hijas de al-Ándalus cuando son jóvenes y deseables: bailó para el que amaba con toda su alma y todo su cuerpo.

## II

## LA LETRA Y EL SABER

A pesar del decaimiento de nuestra raza, tuve una infancia feliz. Mi madre, a quien todos llamaban Arrusa, la casada, fue en realidad mi primer amor. Íbamos muy a menudo a la pequeña gruta donde nací. Me cogía por la mano y me cantaba romances, o me contaba por milésima vez la alegría y la felicidad que sintió al parirme. A veces, me permitía acariciar el vientre que había sido mi primer hogar. De noche, cuando la lechuza solitaria lanzaba su nota aflautada, me sentía amado y protegido por la madre de todas las madres. Arrusa me decía que la lechuza y la serpiente eran patronas de las profundidades y que velaban por mí. Eso lo entendía, como tantas cosas que mi madre me decía, no con la mente sino con el corazón. Si lloraba, Arrusa mi madre enjugaba mis lágrimas con sus mejillas y decía que mi dolor y mis lágrimas ahora eran suyas. Ese sortilegio borraba todas las asperezas del mundo real. En esos momentos, Arrusa me contaba las hazañas de mi padre; entonces me sentía feliz y orgulloso de ser hijo de Fares.

Mi padre hablaba poco. A veces, de noche, salía y volvía

justo antes del alba, en el momento de máxima oscuridad. Me despertaba para que fuéramos juntos al manantial que está cerca de la gruta donde nací. Allí, mientras las estrellas se apagaban, purificábamos la Leona. El agua clara se llevaba los últimos vestigios de una nueva cosecha de nazarenos, segados por la hoja a la que devolvíamos su inmaculada pureza.

La Leona había sido forjada y ornamentada por Abu Jebrán, el mejor armero de Granada, para Abu al-Hassan Muhammad Ibn Sa'd, es decir, el rey Muhammad XII, apodado el Bravo. La milagrosa perfección de su acero era debida, según mi padre, a una fórmula secreta transmitida de padre a hijo desde los tiempos benditos del califato de Damasco. En el momento de morir, el rey Muhammad XII la había entregado a su lugarteniente más fiel, mi abuelo Abu Fares Muhammad ben Na'afi al-Gharnāti. Mi padre me aseguraba que esa espada se había vuelto legendaria después de la batalla de al-Xarquía, en la que no menos de cien nazarenos habían sucumbido bajo su terrible ley y dos mil otros habían preferido rendirse a merced antes que enfrentarse con su mortífero esplendor. La Leona era un ser vivo y exigente, que no soportaba la más mínima mancha durante su descanso. Yo asistía a su ablución matutina con temor y respeto; al salir del baño, su brillo anunciaba misteriosamente el despertar y el ascenso diurnos. Su nombre le venía de la cabeza de leona, cincelada en oro fino, que le servía de pomo. Sabía que un día sería yo el guardián de la Leona, y que la arrogancia de mil nazarenos se convertiría en terror.

Me caía muy gordo don Pedro, nuestro párroco, porque olía a tocino rancio y me castigaba con mucha dureza cuando no sabía recitar los rezos nazarenos. Pedía a mi padre que me explicara por qué esos caníbales comían ritualmente la carne de su profeta y bebían su sangre simbolizada por una bebida prohibida por Dios. ¿No era cierto que el profeta Jesús había predicado el amor entre los hijos de Adán? Mi padre repetía, con mucha paciencia, que yo debía aprenderme los ritos del catecismo nazareno por mi propia seguridad. Yo amaba y respetaba mucho a mi padre, porque sabía que era monfí. Los monfíes de Granada eran una pesadilla para los nazarenos, que los calificaban de salteadores de caminos y de asesinos. Siendo así, no tenía más remedio: mi resentimiento hacia don Pedro debía esperar días más propicios. Entretanto, para complacer a mi padre, hice todo lo que estaba a mi alcance para ser primero de mi clase de catecismo. Desde entonces, don Pedro me elegía más que a otros para servir la misa: *Kyrie eleison, Christe eleison, Kyrie eleison; Gloria in excelsis Deo; Credo in unum Deum; Sanctus, Sanctus, Sanctus, Benedictus, Dominus Deus Sabaoth; Agnus Dei qui tollis peccata mundi, miserere nobis.* Sí señor: me sabía la misa ordinaria de memoria. Ponía expresión extasiada, juntaba las manos, inclinaba ligeramente la cabeza como los personajillos de sus ídolos, pero mi alegría era muy real cuando por fin oía lo de *Dona nobis pacem,* porque significaba que sólo quedaba el *ite misa est* final antes de poderme reunir con mi padre alrededor de las grandes cubas de tinte. Habría podido ser cura, porque conocía muy a fondo los remilgos y las canturrias de esos simios negros. En nuestra casa, había todos los colores del universo excepto el negro: el rojo vivo, la púrpura, todos los matices del azul, del verde y del amarillo. Las combinaciones infinitas de esos colores resultaban de mezclas sutiles, hechas con materias preciosas que al principio parecían apagadas y como muertas. La ciencia ancestral de mi familia hacía que estallaran en una apoteosis los mil esplendores ocultos dentro de esas extrañas materias. Los colores más bellos eran también los más codiciados por su rareza: la púrpura extraída de unos moluscos traídos de Tiro por mercaderes venecianos, y el azul profundo extraído del índigo y del ísatis importados de la India oriental por los portugueses. Además, el reino de Granada estaba cubierto de morerales, y nuestros gusanos de seda eran famosos por la excelente calidad de su hilo. Incluso después de los robos, las extorsiones, las tasas impuestas, el diezmo, el tributo, las confiscaciones y las multas, la renta anual del Consejo del Tesoro por la seda granadina y por el sudor de los creyentes que la trabajaban era como mínimo de ciento ochenta mil ducados de oro.

Pese a su excelente reputación y sus numerosos amigos, mi padre no podía pasear por su propio barrio sin cruzarse con un nazareno que le manifestara su desprecio llamándole «perro sarnoso» o «morisco maldito». Sólo tenía la edad de dos años cuando Juan Martínez Siliceo, arzobispo de Toledo y cardenal primado de España, proclamó que nuestra sangre era una mancha indeleble. La proclama fue aprobada por el emperador Carlos y el papa en 1548. En 1553, le tocó turno a Granada. Entonces, yo tenía siete años. El asunto se convirtió en locura colectiva: los nazarenos se arruinaban para pagar falsos testimonios que demostraran su limpieza de sangre, porque la triste verdad era que todos o casi todos tenían algún judío o un creyente entre sus antepasados. Los mercaderes de antepasados imaginarios pero con sangre limpia se hacían cada vez más numerosos y prósperos. Las venganzas mezquinas, las falsas confesiones bajo tormento, las calumnias interesadas o gratuitas, cualquier mentira insignificante, se ligaban y daban pretexto para hundir a las mejores familias en la miseria, la deshonra, la desesperación o el suicidio. Desde ese momento, la seguridad de cada cual descansaba en el olvido o la ignorancia. Esa insensata carrera por la limpieza de sangre aislaba todo un pueblo, el mío, oficialmente calificado de infame. En tiempos del cardenal Siliceo, cincuenta mil manchas de sangre fueron descubiertas. Se decretaron otras tantas exclusiones de la sociedad. Desde entonces, la mancha se extiende, inexorable, pues nadie pasa por alto la impureza —supuesta o real— de un competidor, de un rival, de un acreedor o de un enemigo. Los envidiosos sólo celebran victorias para caer, a su vez, víctimas de algún rencor oculto bajo la máscara de la amistad. No se dan cuenta de que sus leyes absurdas condenarían a un Torquemada o a un Fernando el Católico, pues uno y otro tenían madres judías. ¡Eso significa que Juana la Loca, el emperador Carlos, el rey Felipe y toda su maldita estirpe tienen la sangre manchada según sus propias leyes! Esos insensatos destruyen nuestros baños y no se lavan ni el cuerpo ni las manos, hasta tal punto que al nazareno se le reconoce por su hedor, pero toman tan a pecho tener la sangre limpia que incluso los jesuitas se mofan de ellos: *mater certa, pater incertus*!

Nuestros amigos jesuitas aseguran que, desde 1515, la cofradía de los ladrones de Sevilla está cerrada a toda persona que no pueda demostrar limpieza de sangre. ¡La ley del ladrón nazareno me prohíbe ser ladrón por tener la sangre manchada! Eso sólo inspiraría ironía o piedad si no fuera porque esa misma ley me prohíbe también desposar una nazarena, estudiar en un colegio, llevar armas o incluso poseer un caballo. El oficio de las armas me es vedado porque mi sangre no es digna de ser vertida en defensa de España y de su rey. Si una de nuestras madres ofrece su pecho a un crío nazareno, el castigo es terrible: entre veinticinco y cincuenta latigazos, antes de ser vendida como esclava. En cuanto al pobre crío, desde el momento en que ha mamado la leche de una creyente, se le considera como irremediablemente manchado.

Eso no quiere decir que todos los nazarenos fueran monstruos, imbéciles o ambas cosas. En particular uno, que conocí en Jaén. Acompañaba a mi padre para hacer una importante entrega de sedas teñidas. Tenía nueve años, pero guardo el recuerdo de ese viaje como si hubiera ocurrido hace sólo unos instantes.

Debíamos quedarnos varios días. El domingo, tuvimos que asistir a misa. Fuimos a la catedral, un edificio grande, ni feo ni hermoso. Había un coro de niños gobernado por un maestro de capilla grande y enjuto, agraciado por una nariz imponente. La música me sorprendió por su nitidez. Nunca había oído nada semejante en Granada. Al terminar la misa, estaba tan conmovido por esa maravillosa música que le rogué a mi padre que me dejase hablar con ese maestro de capilla. Muy a pesar suyo pero generoso como siempre lo era, mi pobre padre se vio obligado a acercarse a aquel hombre y pedirle si consentía a que yo me acercara para hablarle. Él se acercó a mí y me acarició la cabeza. Estaba muy asustado. El maestro de capilla era feo pero poseía una luminosidad majestuosa que me resulta imposible describir. Con voz temblorosa, le pregunté si él había compuesto la música de la misa. Me contestó simplemente que sí, sin presunción alguna. Le estaba tomando afecto... entonces, con la voz un poco más asegurada, le pedí su nombre. Mi padre quiso disculpar mi insolencia, pero el hombre sonrió y me habló con mucha ternura:

—¿Te gusta la música?
—¡Oh, sí!
—En tal caso, eres diferente de esos bribones. ¿Te gustaría cantar con nosotros?

—Más quisiera cantar con usted, pero vivo en Granada.
—Me llamo Francisco Guerrero y soy de Sevilla. ¿Y tú?
—¡Me llamo Francisco, como usted!
—¡Ah! Entonces somos tocayos y seremos buenos amigos.

Cada vez que mi padre iba a Jaén, lo acompañaba para hacerle una visita a mi buen amigo músico. ¡Era extraordinario! Cantaba con voz de mujer y tañía toda clase de instrumentos musicales.

Un buen día, volvió a Sevilla. De vez en cuando, me enviaba una carta con una página de música suya para que la cantara con mis amigos. Siempre le contestaba para darle las gracias, pero no sabía leer música.

Había en Granada otro nazareno, muy diferente de don Francisco. Éste era amigo íntimo de mi padre. Yo le quería porque me hacía caso y me contaba historias sobre su larga estancia en el Magreb y en Ifriquiya, donde había sido sucesivamente soldado del emperador Carlos, esclavo de nómadas árabes y confidente de potentados beréberes. Era hidalgo, natural de la ciudad de Granada y se llamaba don Luis del Marmol y Carvajal. Hablaba árabe y beréber a la perfección, y conocía mejor que nadie la historia de nuestra gente y de los pueblos de África. A penas le veía, le hostigaba hasta que se resignaba a contarme alguno de sus recuerdos africanos o alguna hazaña de nuestro gran rey Muhammad XII el Bravo. Gracias a don Luis, podía soñar con un mundo en el que los creyentes no eran esclavos de los limpiadores y bebedores de sangre. A veces, le obligaba a repetir por enésima vez sus descripciones de las corridas de leones vistas por él en Fez, o de las extrañezas vividas en la ciudad de Túnez. La más extraña era la siguiente: Las mujeres de cierto arrabal de Túnez van para la colada (¡no para lavar su sangre!) a un manantial que corre muy cerca de donde antaño estuvo la gran ciudad de Cartago, conquistada y destruida por los romanos. Cerca de ese manantial, aún se pueden ver estatuas romanas que parecen formar una especie de asamblea. En su curiosa superstición, esas mujeres creen que los espíritus de esas personas petrificadas por malas artes habitan las tortugas gigantes que viven alrededor del manantial. Por esa razón, no hacen colada sin hacer antes alguna ofrenda a las tortugas para propiciar los espíritus y formular algún deseo íntimo y secreto.

Don Luis despertaba y enardecía mi imaginación con el relato de sus aventuras. Mi única ambición era imitarle; antes que nada, aprendiendo el manejo de las armas. Un buen día, le pedí que me enseñara el arte de la esgrima. Mi ambición secreta era mostrarme digno de la Leona que algún día sería mía. Don Luis era un experto de primer orden en el manejo de toda suerte de armas blancas. Como me tenía gran afición, me invitaba a su casa varias veces a la semana para enseñarme los secretos de su arte.

Pasaron los años. Como me esmeraba mucho, a veces conseguía burlar alguna de sus estocadas e incluso a rozarle el pecho con el corcho que recubría la punta de la espada prestada con la que me entrenaba.

Aparte de don Francisco, don Luis y algún que otro jesuita, me llevaba bien con los judíos que venían con regularidad desde Francia; sobre todo los que me contaban la historia de su gente, que está contenida en el primero y más antiguo de los Libros revelados. Todos decían que era mucho mejor esperar al Mesías en lugar de beber su sangre y comer su carne. ¡Lo que decían me parecía el colmo de la sensatez!

Esos judíos venían todos de parte de un hombre enigmático llamado don Moisés Penuel, que vivía en un puerto lejano llamado San Juan de Luz. Por principio, don Moisés no pisaba el mismo suelo que los inquisidores. Sus agentes nos traían grandes cantidades de monedas de vellón, que mi padre les compraba por cuenta de los mercaderes de Granada; estos pagaban con lingotes o ducados de oro, y mi padre percibía una justa comisión. Esas transacciones se hacían en secreto y mi padre me recomendaba siempre guardar silencio sobre lo que veía y oía.

Un día, mi padre declaró que se iba a ausentar durante dos meses para hacerle una visita a don Moisés. Decidió que yo le acompañaría, con el fin de que viera países y gentes diferentes. Ese largo viaje es uno de los mejores recuerdos de mi vida. En San Juan de Luz, me sorprendió muchísimo ver cómo los judíos practicaban abiertamente su ley sin alimentar hogueras nazarenas. Don Moisés se divertía de mi sorpresa. Era un hombre alto y corpulento, con pelo largo y negro y la mirada que sólo un hombre prodigiosamente inteligente puede tener. Me trataba sin ese indulgente desprecio que la mayor parte de los adultos sienten y muestran hacia los adolescentes; por lo tanto, sentí afecto por él. Yo hacía preguntas que a él le parecían relevantes, y se daba mucho trabajo para contestarlas, explicándome por ejemplo qué era la banca, su funcionamiento, la moneda y las relaciones comerciales entre los países del mundo. El día de nuestra marcha, me cogió aparte y me dijo: «Hijo mío, si algún día necesitas ayuda, no te olvides de que Moisés Penuel es tu amigo». No pude olvidarlo porque en ese momento su mirada tenía una intensidad inquietante.

Los alfaquíes de Granada me educaban en la ley de nuestro pueblo, pero debían hacerlo con muchísimo cuidado. Los soplones de la inquisición pululaban y su única ambición era denunciarnos porque les suponía una buena tajada de nuestros bienes. El peor de todos era un pequeño nazareno que conocía desde mi infancia y que habíamos apodado «La Rata» porque aprovechaba el más mínimo pretexto para delatarnos cuando faltábamos a misa o decíamos una palabra de más. Entonces, el alguacil obligaba a nuestros padres o a pagar una multa o a vernos azotados en público. La Rata no participaba nunca en nuestros juegos, lo cual era natural tratándose de un nazareno, pero se pasaba el tiempo espiando y delatando. Ese muchacho tenía vocación de inquisidor y no tardaría en convertirse en el personaje más odiado por la gente llana del Albaicín.

Otros nazarenos frecuentaban nuestra casa, sobre todo los jesuitas, que aprovechaban siempre sus visitas para hacerme sermones o para interrogarme sobre tal o cual sutileza de su ley. Los jesuitas eran menos malvados que los dominicos y los franciscanos, para quienes nosotros, los creyentes, éramos antes que nada combustible para sus hogueras.

Un jesuita en particular, cuyo nombre se me olvida siempre que deseo recordarlo, decía que si yo lo deseaba, él procuraría mi ingreso en uno de sus colegios. Quizás debí aceptar... no lo sé. Lo que supe, mucho más tarde, es que aquel jesuita era hijo de una conversa quemada en Toledo, y que había nacido en la celda en la que su madre esperaba el suplicio del fuego purificador. Esa, según dicen ellos, es la justicia de su Dios inmortal, torturado a muerte sobre la cruz infamante de los romanos.

Desde mi más tierna infancia, tengo pasión por el dibujo. Los alfaquíes aseguraban que el Libro lo prohíbe, por lo que hacía grandes esfuerzos y me esmeraba para aprender el arte de la caligrafía porque, según decían mis maestros, las letras bien trazadas agradan al Misericordioso. A la edad de catorce años, ya era el mejor calígrafo de Granada. La verdad es que no tenía mucho mérito, pues todas las artes de los creyentes habían decaído bajo la tiranía de nuestros conquistadores nazarenos. No tenía ninguna posibilidad de encontrar un maestro calígrafo en al-Ándalus, porque el idioma y la escritura de los creyentes habían sido vedados en tiempos, según creo, de la reina loca. Un día, durante mi lección de esgrima, le pedí a don Luis su opinión sobre ese extremo. Me miró un momento, con ademán pensativo, antes de guardar su espada. Había terminado la lección. Me dijo:

—Shams, ya casi eres un hombre crecido y te sobra cordura. Sabes bastantes cosas pero tu educación quedará coja mientras sigas ignorando las grandezas y esplendores de la civilización mora. En este momento no te habla el cristiano sino el amigo: debes pedirle a tu padre licencia para ir a pasar una temporada en Cairuán.

—¿Cairuán, don Luis?

—Es una ciudad grande y hermosa. Se halla al sur de Túnez. Los moriscos granadinos tienen prohibido viajar, pero si tu padre da su conformidad, creo que podré allanar dificultades.

—¿Y qué haré yo en ese Cairuán que usted dice, don Luis?

—Estudiar. Te recomendaré a un buen amigo mío, llamado Abu Ziād. Es el mejor calígrafo que conozco, y conozco a muchos y muy buenos. Además, Cairuán posee una de las mejores bibliotecas de toda África. Podrás aprender lo que nunca podrías aprender en España, aunque estudiaras con los jesuitas, que saben mucho. Allí hallarás las obras de los más ilustres sabios moros: Averroes, Avempace, Abenarabí, Abenjaldún...

Don Luis habló de ello con mi padre. Como era bastante

parco en el uso de la palabra, mi padre le escuchó sin medir palabra. Cuando don Luis hubo terminado, pensando por su silencio que mi padre iba a expresar algún reparo, éste dio su consentimiento sin condición alguna, pareciéndole bien que yo vaya a perfeccionarme en el buen uso, habla y escritura de nuestro idioma. Le pareció tan bien que me dio ciento veinte ducados de oro, cosidos en un cinturón; bastante para vivir holgadamente durante más de dos años. Don Luis me dio una carta de recomendación, que debía entregar a su amigo de Cairuán, y embarqué en una nao que transportaba mercancías entre Málaga y Túnez; seda de Granada a la ida, maderas preciosas y especies de oriente a la vuelta. Me hice pasar por cristiano viejo, con la intención de reasumir nuestra ley verdadera apenas alcanzaba tierras creyentes. El trayecto se hizo sin novedades, a menos que se considere novedad el hecho de descubrir las muy relativas delicias del mareo. Llegado a Túnez, me incorporé a un tren de mulas y de dromedarios que salía rumbo a Cairuán.

Llegado por fin a mi destino, pregunté por la casa de Abu Ziād. No tuve dificultad alguna en hallarla, pues su dueño era muy conocido, amado y respetado. Era un cincuentón afable y acogedor. Daba la impresión paradójica de ser un sabio centenario que descubre el mundo con la espontánea frescura y entusiasmo de un niño. Al leer la carta de recomendación de don Luis, se echó a reír:

—¿Así que te llamas Shams ben Fares al-Gharnāti? Eso significa que eres granadino. Estoy feliz, muy, muy feliz de saber que ese granuja de Marmol ha conseguido volver a su patria. ¿Sabes que fue mi esclavo? ¡Ja, ja, sí, mi esclavo, *ya rabbi*, y también mi amigo! Éramos muy jóvenes. Él quería rescatarse por sus propios medios pero lo habíamos pagado muy caro, pobrecito. Le regalé su libertad y ahora me regala a ti. Es muy amable por su parte. Con que ¿quieres estudiar en la biblioteca de la gran mezquita y aprender el noble oficio de calígrafo? ¿Es esa tu ambición?

—Sí, maestro.

—¿Por qué no? Se lo debo al bueno de Marmol... a ver: ¿eres creyente?

—Sí maestro.

—¿Sabes decir otra cosa que sí-maestro-sí-maestro?

—Sí, maestro. Sólo Dios es grande.

—Dices la verdad. Te alojarás aquí, en casa. Veré al *imam* para que te dé acceso a la biblioteca durante las tardes. Por las mañanas, trabajarás conmigo. ¿Sabes algo de caligrafía?

—Sí, maestro, algo. Sólo algo.

La gran mezquita de Cairuán tenía una de las bibliotecas mejores y más abundantes del mundo. Antes que nada, quería seguir el consejo de don Luis y empeñarme en aprender las grandezas y los esplendores de nuestra civilización. Gracias a Abu Ziād, obtuve la autorización de leer y aprender parte sino todo lo que los nazarenos habían echado a las hogueras de Granada en tiempos del malvado Cisneros. Durante dos años, leí y aprendí todo cuanto pude de nuestros libros más preciados. A medida que iba adquiriendo conocimientos, sentí que mi alma despertaba y que las cadenas inmateriales impuestas por los nazarenos a todos los creyentes de al-Ándalus caían y eran devueltas a la nada de donde habían salido. Desde entonces entiendo por qué quemaron nuestros libros: si la mente del esclavo escapa, tarde o temprano su cuerpo quiebra sus cadenas y se rebela contra su opresor.

Por las mañanas, antes de ir a la biblioteca de la mezquita, hacía prácticas como aprendiz de calígrafo en casa de Abu Ziād. Era realmente un gran maestro; bueno y generoso, pero muy exigente en todo lo que tocaba al trabajo. Supe por fin por qué lo llamaban Abu Ziād: tenía efectivamente un hijo llamado Ziād que hacía estudios de medicina en la universidad nazarena de Montpellier. Expresé sorpresa por esa elección, pero mi maestro dijo sencillamente que Ziād se alojaba en casa de su abuelo materno. Por lo tanto, pude deducir que mi maestro se había casado con una nazarena. Mucho más tarde, supe que sólo tenía una esposa y que ésta se había convertido a la fe verdadera. También tenía una hija, que estudiaba artes liberales en la misma universidad que su hermano. Ese hecho inaudito despertó mi curiosidad, pero no podía saber más sin faltar a las leyes de la hospitalidad y a la buena educación. Los vecinos me decían que esa hija era igualmente hermosa e inteligente, y que se llamaba Nizām, como la belleza persa que Ibn 'Arabi de Murcia canta con tanta elocuencia en su famoso libro titulado *Tarjumān al-Ashwāq*. No pude saber nada más.

Un día, Abu Ziād me dijo algo que me dejó perplejo:

—Shams, ya me igualas en cuanto a la técnica de la caligrafía, pero sólo la verdad puede guiar tu mano hacia el lugar exacto de su perfección.

No entendía. Con mucha paciencia, mi maestro me explicó que el trazado de una letra, por ejemplo *alef*, supone tres elecciones: en primer lugar el punto de partida; en segundo lugar el itinerario del trazado, y, finalmente, su punto de llegada. Normalmente, la elección se hace según el gusto o el capricho de cada cual. Por lo contrario, la perfección no se elige; sólo hay un trazado posible en toda circunstancia. La verdad superior no se alcanza por el conocimiento sensible sino a través del amor absoluto y la entrega total de sí mismo. Fue entonces cuando entendí que mi maestro era sufí. Le supliqué que me mostrara la vía que conduce a la verdad.

Dudó un momento, luego dijo que el tumulto de su taller no convenía a ese tipo de aprendizaje. Me indicó el camino que conducía a la choza de un ermitaño que vivía fuera de la ciudad. En tiempos pasados, dijo, ese mismo ermitaño había sido su maestro. Me aconsejó ir a verlo sin más ofrenda que un poco de pan, porque el ermitaño no aceptaba otra cosa a cambio de su enseñanza.

Al anochecer de ese mismo día, al cerrar la biblioteca, compré un poco de pan y me fui a ver al ermitaño. Cuando llegué, éste estaba sentado delante de su choza, en la penumbra. No podía distinguir sus rasgos. Le di el pan sin decir nada. Enseguida me preguntó: ¿Qué quieres saber de mí? Tenía la voz clara y firme de un hombre joven, pero comprendí, al comprobar la majestuosa lentitud de su elocución, que estaba cargado con el peso de muchos años. Le expliqué que estudiaba caligrafía con el maestro Abu Ziād, y que éste me había aconsejado acudir a él para que me enseñara a trazar letras según la verdad. El ermitaño lo pensó unos breves momentos, luego me hizo sentar a su lado y empezó diciendo la fórmula ritual: «En el nombre de Dios, no hay más dioses que Dios». Tras un largo silencio, dijo: «Ese es el trazado de todas las letras. No hay más que un solo Dios y no hay más que un solo trazado exacto con relación al espacio. Es verdad en todos los casos, trátese de una sola letra o de muchas. Es verdad también si se trata del sentido de un texto cualquiera, tenga o no precedentes. El intelecto no puede captar la inmensidad de esa verdad, pero puedes acceder a ella si amas a Dios y si tu amor es absoluto. Por lo tanto, debes empezar por el principio, porque la vía es larga y escarpada. Debes repetir el Nombre hasta que el vértigo anule las divagaciones de tu mente. Puedes empezar ahora».

Obedecí escrupulosamente y repetí el nombre de Dios hasta perder la conciencia del tiempo que pasaba. Entonces me sacudió el brazo y dijo: «Basta para hoy. Vuelve mañana al atardecer, y no te olvides traer un poco de pan. Antes de empezar, mañana, me dirás cómo te llamas. Hoy, sólo el Nombre debe ser pronunciado por tu boca».

Volví cada noche. Poco a poco, iba descubriendo que el ermitaño me daba el poder de concentrar todas mis fuerzas sin que pensamientos sueltos puedan interferirse. Cuanto más concentraba mis fuerzas, más fuerte me sentía. El ermitaño me felicitaba y me aseguraba que estaba hollando la vía. El objetivo, decía, es acortar el tiempo de preparación para alcanzar ese estado, y sobre todo de aprovecharlo. Me explicaba que la sensación de poder demostraba que estaba sobre la vía que hace volver a Dios, del mismo modo que el haz de luz conduce infaliblemente hacia su fuente.

Tras algún tiempo dedicado a ejercerme, pude alcanzar ese estado de éxtasis mediante un simple acto de voluntad. Llegó finalmente el momento en que me dijo: «Te voy a dar un último consejo. Desde ahora, la obra no te pertenece. Tú perteneces a la obra. Piensa en un río: pertenece a su fuente, ¿no es así? Te has librado del error y de su inseparable compañero, el orgullo. Mañana, volverás aquí por última vez. Ya sabes lo suficiente para lo que pretendes. Mañana por la mañana trazarás tus letras en presencia de Abu Ziād, tras haberte puesto en estado de amor como te lo he enseñado».

Por la mañana del día siguiente, me presenté ante Abu Ziād y empeñé toda mi voluntad en hollar la vía hacia Dios. Con el cálamo, tracé las letras del Nombre sobre una hoja de papel. Mi maestro observaba lo que hacía con una intensidad insólita. Cuando acabé el trazo, cogió el papel y lo examinó con detenimiento. Finalmente, pronunció su veredicto:

—Ahora eres un maestro. Debes marcharte y volver a tu patria; allí practicarás tu arte. Aquí, serías mi hermano mielgo y pienso que es inútil repetir dos veces lo mismo en semejante materia.

La sentencia era a la vez halagüeña y final: debía marcharme cuanto antes para no mermar la soberanía de mi maestro.

Me despedí sin insistir más en el agradecimiento que sentía hacia Abu Ziād. Él lo sabía pero ambos sabíamos también que esa etapa de mi vida había terminado.

Pasé una última tarde en la biblioteca, en compañía de Ibn Rushd y de su comentario sobre la República de Platón. Al atardecer, fui a comprar pan y dirigí por última vez mis pasos hacia la choza del ermitaño. Éste me esperaba, como siempre, sentado en la penumbra, delante de su puerta. En lugar de dirigir mis ejercicios habituales, me preguntó por mis lecturas en la biblioteca de la gran mezquita. Le hablé con entusiasmo de Ibn Sīna, de al-Fārābī, de Ibn Bajah, de Ibn Jaldūn y sobre todo de los comentarios de Ibn Rushd con los que mi mente estaba empapada. Durante todo mi discurso, el ermitaño mantuvo silencio. Sentía más que veía su sonrisa benévola. Cuando concluí con el resumen de mi lectura de esa misma tarde, el ermitaño me preguntó con inusitada dulzura:

—¿Conoces la leyenda de la Biblioteca sin luz?

—No, respetado y amado jeque, no conozco la leyenda que usted dice.

—Es en realidad un cuento para niños que muchos grandes y afamados sabios deberían meditar por su propio bien.

—¿Me lo contará usted?

—Escucha pues: érase una vez un pequeño rey. No es que él mismo fuera pequeño, no, era grande y grueso; lo pequeño era su reino. Ese reino era tan pequeño que sus fieles súbditos debían estar muy atentos a la dirección del viento cuando aliviaban sus vejigas, porque sus vecinos tenían muy malas pulgas y se ofendían por nada y menos que nada. Las leyes del reino eran muy severas, pues cada gesto de su gente debía conformarse con la letra y el espíritu de los tratados por cuanto que al rey no le gustaban las guerras, sobre todo las guerras perdidas, y cualquier gesto inconsiderado podía precipitar un conflicto sin cuartel con los vecinos y sus malas pulgas. No digo lo de las guerras perdidas en balde, pues el pequeño rey no tenía ejército.

Se daba la circunstancia de que aquel rey tenía un sueño insatisfecho. Ese sueño remontaba a la época en la que no era más que un principito en el palacio del rey su padre. La de las dos reinas del harén que también era su madre, solía contarle historias fabulosas sobre Alejandría; las mil mezquitas cubiertas de oro, el faro, el *museión* y, sobre todo, la Biblioteca. El principito no se cansaba de preguntar esto y lo de más allá sobre la Biblioteca de Alejandría: ¿Cuántos libros contenía? ¿Había muchos lectores? ¿Tenían todos barbas canosas como el *imam* de la mezquita (el reino sólo tenía una mezquita)? ¿Eran todos muy sabios? ¿Eran muy largos los pasillos de la Biblioteca? ¿Cuánto tiempo se tardaba en caminar de un extremo a otro de la Biblioteca? ¿Qué contaban todos esos libros? ¿Por qué haber incendiado esa maravilla? Y así, sin cesar. La pobre reina contestaba lo mejor que podía, que no era mucho porque no había visto nunca la Biblioteca de Alejandría ni tampoco ninguna otra biblioteca. El rey padre era tan pobre que sólo poseía un libro, el Corán, naturalmente, que conocía de memoria como es debido. El rey hijo había heredado ese Corán, y lo atesoraba, pero ello no anulaba el sueño de poseer una biblioteca mayor que la de Alejandría.

Ahora bien, ¿cómo se las arregla uno para adquirir una biblioteca mayor que la de Alejandría, cuando se dispone nada más que de ciento veintiocho monedas de oro, doscientas treinta y tres monedas de plata y seis monedas de vellón, todas encerradas en el fondo de un viejo arcón disimulado entre los demás trastos del ático para que los acreedores no se enteren?

La verdad, es que el harén estaba a punto de entrar en rebelión abierta, porque la única reina (la otra se había marchado) no había podido renovar su guardarropa desde... ¿Desde cuándo era? Su mejor velo, en seda, tenía agujeros. La reina se volvía cada vez más arisca. Los intentos amorosos del rey caían en saco roto, nunca mejor dicho. Además, había que pagar al gran visir, a los tres guardias del palacio, al eunuco que también ejercía de cocinero, había que atender a las goteras del tejado, había que pagar la *zakāt* —el *imam* era inflexible sobre ese punto, porque los hay más pobres que uno mismo y el Misericordioso lo ve todo— y... Resumiendo: la biblioteca era un hermoso sueño lejano, teñido con esa nostalgia que hace que los sueños sean aún más hermosos y lejanos. Cada mes que pasaba, había una moneda menos en el arcón secreto. Los impuestos no entraban en las arcas del reino, porque el recaudador se había fugado al mismo tiempo que la segunda reina del harén. Los fieles súbditos empezaban a decir, con voz muy baja para que los vecinos del otro lado de la frontera no se enteren, que las cosas iban de mal en peor. Había que hacer algo. El rey pensaba lo mismo. Todos estaban de acuerdo en que había que hacer algo... pero ¿qué?

Un buen día, un avispado mercader, natural de la lejana Yunān, patria de Platón y de algunos más, se presentó a palacio. Por no sé qué osmosis de la que sólo las mujeres son capaces, la única reina del harén supo en el acto que se trataba de un vendedor de velos en seda granadina. Tras una discusión excesivamente penosa, la reina se encerró en sus aposentos jurando que el rey la volvería a ver con un velo nuevo, no antes, eso jamás, antes morir de hambre y de tristeza o tirarse desde lo alto del alminar tras haber sobornado al *imam* (la historia no dice con qué, ya que a los imames no les gustan los velos agujereados).

El rey se quedó solo con el mercader. Éste guardaba un silencio prudente, pero tenía una nariz muy larga y ya sabía que aquí había negocio, con tal de disponer de un poco de astucia y de mucha paciencia. En todos los mercaderes de Yunān la lejana, patria de Platón, la astucia y la paciencia son connaturales a su carácter nacional desde tiempos de la guerra de Troya. Por lo tanto, ese mercader guardó silencio mientras tejía sus astucias con la paciencia de una araña tejiendo su tela entre dos vigas del palacio. De todos modos, el protocolo obligaba que el rey fuera el primero en tomar la palabra, lo que hizo por respeto hacia las reglas ancestrales.

—Mercader, háblame de Yunān la lejana, tu patria y la de Platón.

—Oh, Emir de los Creyentes...

—¡No, no! Yo no soy más que un rey pequeño, muy pequeño. Llámame por mi nombre. Me llamo Nur ed-Dīn, lo cual significa, en el idioma de los creyentes, Luz de la Religión. Con eso basta. Ahora, háblame de tu país.

—Oh, Nur el-Dām...

—¡No, mercader, no! ¡Me llamo Nur ed-Dīn!

—Perdona mi torpeza, te lo ruego.

—Te perdono. Ahora, dime todo sobre tu patria, Yunān la lejana.

—Oh Nur ed-Dīn, volvió a empezar el mercader, que pronunciaba muy mal el árabe, nosotros, los griegos, somos muy ricos, pero has de saber que, aunque soberbia, nuestra tierra es pobre. Sólo hay algunos olivos para nuestro aceite y unas pocas cabras negras para nuestro queso, pero somos ricos porque enriquecemos a los demás con el fin de venderles seda de Granada (¡mira esta seda, ve como refleja la luz del día con los mil reflejos de su esplendor!), té de China, especies de la India, libros iluminados de Italia...

—¿Qué? ¿Has dicho libros?

—Sí, oh Nur ed-Dīn, naturalmente. Nosotros, los mercaderes griegos, vendemos muchos libros y los más bellos que se puedan ver. Si quieres...

—¿Tienes un libro? ¡Deprisa, muestra, muéstramelo! ¿Dónde está?

El griego astuto conocía el sueño del pequeño rey. Sólo había mostrado sus sedas de Granada para preparar el terreno, a sabiendas de que la reina podía facilitarle las cosas, pues el poder de las reinas no tiene límites cuando se ponen ariscas. Desde lo más profundo de su saco de velos, retiró un libro. Con su manga, hizo relucir el brillo de su tapa, cubierta de cuero fino y de clavos de bronce. Lo tuvo en manos sin dárselo al rey. Éste no pudo contenerse y se lo arrancó de las manos.

—¡Sólo Dios es grande! ¡Un libro! ¡Qué maravilla! ¡Oh! ¡Oh! ¿Es italiano?

—Sí, oh Nur ed-Dīn, es el Gran Comentario traducido en lengua toscana y copiado por el mejor calígrafo florentino.

—¡Qué dices! ¿El gran comentario de Ibn Rushd de Qūrtuba la Magnífica?

—Ese mismo, oh Nur ed-Dīn, la obra capital del gran Averroes de Córdoba. Mira la belleza sobrecogedora de estas letras latinas, admira la pureza de este pergamino: hizo falta sacrificar un rebaño entero para lograr tal perfección. No tiene un solo defecto. Vale el rescate de un rey, con perdón.

—Si se trata de un rey como yo… ¿Cuánto vale?

—Tratándose de ti, oh Nur ed-Dīn, para ti, serán…

—¿Cuánto? ¿Cuánto?

—Mil dirhams, oh Nur ed-Dīn. ¿Quieres conservarlo hasta mañana para pensarlo con tranquilidad?

—¡Mil dirhams! Pero… ¡Si no hay mil dirhams en todo el reino!

—Ah. En ese caso, no hay más que una cosa que hacer para comprar este libro y miles más como él y más bellos aún, todos iluminados con oro fino.

—¿Qué? ¿Qué? ¡*Wa Allah*! ¡Habla ya! ¿Qué debo hacer? Por tu vida, por tus ojos di, di, ¿qué debo hacer?

—Debes crear la más gran biblioteca del universo.

—Crear la más gr… pero… pero… eso es impos… ¿Cómo?

—Primero, oh Nur ed-Dīn, debes prometer que comprarás tus libros del más humilde de tus esclavos, es decir, de mí y sólo de mí.

—Yo puedo prometer todo lo que tú quieras, pero ya te lo he dicho, no hay mil dirhams en todo el reino. Yo, el rey, sólo tengo ciento veintiocho dirhams, y si mis acreedores se enteran, no tendré ni tan siquiera el recuerdo de la sombra de un dirham.

—Si te dignas prometer, oh Nur ed-Dīn, yo me encargo de todo. No sólo tendrás todos los libros que deseas, sino también arcones y más arcones rebosando dirhams a más no poder.

—¡Prometo! ¿Quieres un documento firmado con sello real?

—Conozco la nobleza de tu corazón, oh Nur ed-Dīn, basta con tu palabra. Escucha lo que hay que hacer: primero, hay que acondicionar la sala más grande de todo el reino de tal manera que en ella no pueda entrar la luz del día, haga lo que se haga. Aleja de ella lámparas y velas para que ni de día ni de noche pueda haber allí el más mínimo reflejo de un atisbo de luz. Cuando esté la sala, haz pregonar la nueva que has adquirido el libro de Pitágoras, la única copia que se encontraba en la gran biblioteca califal de Bagdad antes de la terrible catástrofe. Recuerda: debes dar la orden a tus pregoneros para que insistan en que compraste ese libro de mí, que yo fui quien te proporcionó el libro más precioso y preciado del universo, después del Corán, naturalmente. Luego, deberás añadir que sólo el más sabio de entre los sabios que acudirán a tu biblioteca para estudiar, sólo ese tendrá el señalado honor de poderlo consultar.

—¿Y yo qué hago con la sala sin luz?

—A eso vengo. Esa será tu biblioteca. No importa que al principio no haya libros, puesto que todo estará sumido en tinieblas. Primero, harás pagar un derecho de entrada de diez dirhams, ni uno menos. Luego, instalarás a los sabios que hayan pagado dentro de la sala, tras haberte cerciorado de que no llevan alguna lámpara oculta. Allí se quedarán en la oscuridad. Si alguno protesta, debes responder que la sabiduría es una luz que ha de bastarse a sí misma y que sólo el más sabio de entre los sabios tendrá derecho a consultar el libro de Pitágoras, el más precioso y preciado de tu INMENSA biblioteca. Di siempre: «Mi INMENSA biblioteca». Confía en mí, tendrán tantas ansias de tener entre manos el libro de Pitágoras y de conocer sus secretos, que te creerán, te pagarán los diez dirhams, ni uno menos, y esperarán en la oscuridad. Como tarde o temprano no tendrán más remedio que elevar alguna queja, los despedirás tomando cada uno aparte y diciendo: «El Misericordioso es la medida infinita de toda sabiduría. Debes prepararte un poco mejor antes de intentarlo otra vez. La sabiduría es la única luz verdadera, sólo ella te puede alumbrar. La próxima vez, serán doce dirhams, ni uno menos.»

—¡Pero eso sería mentira, mercader! ¡Yo no he mentido en toda mi vida!

—Sí, oh Nur ed-Dīn, pero... ¿qué es una mentirita de nada comparada con una INMENSA biblioteca? Además, oh Nur ed-Dīn, estarías diciendo la verdad. De no ser la sabiduría, ¿qué podría alumbrar al imbécil capaz de estarse en la oscuridad esperando alcanzar y conocer así los secretos de Pitágoras?

—¿Estás seguro?

—¿Acaso tengo aspecto de mentiroso, oh Nur ed-Dīn?

El rey siguió las instrucciones del mercader a la letra. La sala mas grande del reino era exigua, pero tenía la ventaja de estar en el interior mismo del palacio, puesto que era la sala del *diwān*. Las ventanas fueron cuidadosamente tapadas, la más mínima fisura fue calafateada como si se tratara de un bajel del Nilo. Naturalmente, las lámparas y las velas fueron confiscadas y estrictamente vedadas.

Se acercaban Alejandría y su Biblioteca, ¡cada día se acercaban un poco más del reino del pequeño rey!

La nueva se propagó hacia los cuatro puntos cardinales como una reguera de pólvora. Los sabios canosos y barbudos acudían de todas partes, pagaban su derecho de entrada, esperaban en la oscuridad, y se volvían a casa avergonzados pero ansiosos de volver, armados con una sabiduría inmejorable y los doce dirhams de su segunda oportunidad. Un caudaloso río de dirhams regaba el pequeño reino, mientras el rey compraba más y más libros de su mercader, natural de Yunān la lejana.

Un buen día, hubo demasiados libros. El palacio no bastaba, y fue necesario comprar un gran solar en el territorio de los vecinos, cuyas malas pulgas se tranquilizaban cuando había algún trato ventajoso del que aprovecharse. Hecha esa adquisición y pagados los derechos de anexión, se construyó una biblioteca realmente INMENSA, cuyo interior siguió sumido en las tinieblas porque aún hacía falta comprar libros, y luego más libros, y siempre, continuamente, más y más libros.

Pasaron los años. El pequeño rey y su reino poseen ahora la biblioteca más INMENSA del universo. El mercader venido de Yunān la lejana es el mercader más rico habido y por haber, y la reina no sabe qué hacer con tanto velo de seda granadina.

Pitágoras sigue conservando todo su misterio, pero los fieles súbditos del pequeño rey están contentos porque están todos exentos de pagar impuestos (excepto la *zakāt*, porque el *imam* no quiere saber nada de excepciones tratándose de la obligación de solidaridad). Como los súbditos tienen mucho afecto a su pequeño rey, que sigue grande y un poco más grueso, lo imitan y compran libros que leen a la luz del día o de una buena lámpara de aceite con tres picos. Todos ejercen el noble oficio de encuadernador. Antes que nada, trabajan para la gran biblioteca, como buenos súbditos que son.

Entretanto, siguen afluyendo sabios del mundo entero, con sus dirhams en la mano, dispuestos a todo para consultar el libro de Pitágoras. En este momento mismo, siguen errando en las tinieblas, como topos extraviados en las entrañas de la tierra.

Un día, un niño despabilado pero incauto había preguntado: ¿Por qué hacéis encuadernar libros que nadie lee? Le dieron una buena nalgada, para que aprenda, y no se habló nunca más del asunto.

El ermitaño había terminado su relato y guardaba silencio, quizás para dejarme tiempo de meditar la moraleja del cuento. Reprimí las ganas de reír, porque pensé que a lo mejor algo serio se ocultaba detrás de esos «topos extraviados». Finalmente, el ermitaño dijo que en sus mocedades había cultivado los jardines del entendimiento que los sabios del Yunān llaman filosofía, es decir «amor al canto de Sísifo». Le contesté:

—¡*Wallah*! No quiero parecerme para nada a esos sabios que buscan luces en las tinieblas, y no sé quién habrá sido Sísifo y me interesa poco el canto, pero sí quisiera aprender filosofía. ¿No querría usted enseñarme a cultivar los jardines del entendimiento?

—¡Shams, Shams, dijo sacudiendo la cabeza como para alejar una idea molesta, has terminado tu estancia aquí, no pierdas el tiempo! La vida es tan breve como el suspiro de una virgen y la filosofía se parece al pocillo de una noria que se llena de un lado sólo para vaciarse del otro. Da vueltas pero no va a ninguna parte.

—Pero, amado y respetado jeque, el gran cadí de Córdoba Ibn Rushd hizo mucho más que dar vueltas sin ir a ninguna parte. De no ser así, ¿por qué leeríamos sus obras tantos años después de su muerte natural?

El ermitaño se puso a meditar. Al cabo de un momento, no sé si largo o corto, dijo:

—Te voy a contar los orígenes de la filosofía; así entenderás mejor lo que quise decir con la alegoría de la noria y desistirás de tu empeño en aprender más filosofía de la que ya sabes, que no es poca. Escucha: Hace mucho tiempo, Corinto era una hermosa ciudad, famosa por sus puertos y la calidad de su bronce, que los herreros hundían en las aguas cristalinas del Pireno para aliviar su incandescencia. El rey más afamado de Corinto se llamaba Sísifo. Su fama era debida a su gran astucia: ¿no decía el padre de los poetas que Sísifo era el hombre más hábil de todos los tiempos? ¿Qué no se habrá dicho de Sísifo? Sísifo el astuto, Sísifo el industrioso... resumiendo pues: el rey Sísifo no desmentía su nombre que silba como la serpiente del Edén: Sísifo era realmente el más sabio de los mentirosos. Como ya te lo he dicho, en griego, la lengua del Yunān, «filosofía» significa aparentemente «amor a la sabiduría», pero es sólo una apariencia: en realidad, se trata de amor al canto de Sísifo; y no digo canto en el sentido de cantar sino de piedra. Pues bien: llegó el asunto a tal extremo que, en su locura supersticiosa, los habitantes de Corinto elevaron un templo sobre el Acrocorinto para dedicar un culto a la astucia de su rey. El templo se llamó Sisifeion. Eso bastó, como puedes imaginarlo, para provocar la justa cólera del muy Misericordioso. Condenó a Sísifo a una pena terrible: el tormento eterno de la filosofía. Desde entonces y para siempre jamás, debe empujar un enorme canto hasta la cima del Acrocorinto; pero no alcanza nunca la cima porque, estando a punto de alcanzarla, el pesante canto vuelve a caer y Sísifo tiene que volver a empezar el ascenso, empujando su canto. Ese espantoso castigo extiende su maldición sobre todos los filósofos: cuanto más sabio su discurso, tanto más se parece al canto de Sísifo y tanto menos posibilidad tiene de expresar la verdad. Como el pesante canto de Sísifo, sus astucias están condenadas al irresistible reclamo del vacío.

Así hablaba mi maestro. Yo pensaba, en mi fuero interno, que esa leyenda se podía entender de otro modo; por ejemplo como alegoría de la vida breve que no da tiempo suficiente para alcanzar todos los niveles de la sabiduría. Eso pensaba, pero por respeto sólo me permití una pregunta:

—¿Quiere decir eso que hemos de vivir en la ignorancia, como las bestias?

—El Misericordioso, en su infinita bondad, reveló la verdad al Profeta. Toda la verdad.

Enseguida pronuncié las palabras rituales:

—¡Dios es grande!

Tras un momento de silencio, volví a la carga:

—¿Entonces, he de creer que la fe del creyente le impide pensar? ¿Y que el pensamiento del creyente anula su fe? ¿Qué debo hacer si tengo fe pero quiero pensar libremente?

Entonces es cuando el ermitaño supo convencerme:

—Tu fe, Shams, te obliga a pensar. Piensa con todas tus fuerzas, piensa todo lo que puedas, y Dios estará contento contigo porque estarás haciendo buen uso de lo que Él te ha dado con tanta generosidad. Piensa, pero no cometas la equivocación de creer que estás pensando la verdad, porque allí reside el error mil veces repetido, mil veces contradictorio de los filósofos. Ejerce tu mente estudiando a los filósofos si es que de verdad lo deseas, haz su crítica si eres capaz de hacerla, ¡pero reserva tu fe! Es tu bien más preciado porque, desde ahora, conoces el camino que puede llevarte hasta Él. Recuerda lo que te digo: los creyentes de al-Ándalus son herederos de los musulmanes occidentales y orientales quienes a su vez habían heredado el imperio intelectual, estético y erótico de los alejandrinos, aquellos que los cristianos llaman «griegos de la decadencia», desde la India hasta el Magreb. Ese conocimiento y ese refinamiento no anula nuestra fe sino todo lo contrario. Sepa que la verdadera decadencia es la impotencia intelectual de los pueblos, no el rechazo a fórmulas concebidas y creadas para humillar y gobernar la muchedumbre. Por ejemplo, en tiempos del emperador romano Calígula, el imperio no era decadente; lo que ocurría era que el emperador estaba loco como una cabra y el Senado no tenía valor para enfrentarse con él. Las antiguas leyes del pueblo romano eran burladas, pero el pueblo permanecía firme y despreciaba los atributos divinos atribuidos al emperador por una lamentable pandilla de payasos. Vosotros los andaluces debéis tomar ejemplo sobre esos romanos de quienes somos todos herederos.

—¿Y qué opina usted, oh mi respetado jeque, de los nazarenos?

—El cristianismo, Shams, es el triunfo de la estupidez supersticiosa sobre la alegría de vivir y gozar de los infinitos dones de Dios. El cristianismo reniega de la carne sólo para provocar el hedor de su corrupción: sus legiones de hermafroditas manchados de sangre son impotentes ante la belleza de una mujer. Los dones más preciosos del Misericordioso les inspiran terror. Un día, su derrota se inscribirá en letras de fuego sobre el horizonte de nuestros siglos. A la espera de que se haga justicia, recuerda, Shams, y no se te olvide esa verdad: la memoria de al-Ándalus anida en vuestros corazones. Debéis saber ocultar el poder de vuestras mentes, así podréis conservar vuestra memoria. ¡Que seáis fecundos y pacientes!

Me levanté para despedirme del ermitaño. Le besé la mano como a un padre, pues él me había tratado como a un hijo.

Acababa de franquear el umbral de mi vida de hombre. El día 10 de diciembre de 1562, celebré mi decimoséptimo aniversario a bordo de la misma nao que me había traído a Túnez. Habían pasado más de dos años y el capitán no era el mismo. Sin embargo, el haber mencionado el nombre de don Luis del Marmol y Carvajal y el hecho de pagar el pasaje me dieron derecho a una hamaca en la sección de grumetes. El hedor de esos nazarenos era nauseabundo, y a ese inconveniente se añadía el hecho de que no me podía lavar sin despertar sospechas, puesto que me había declarado cristiano viejo. A pesar de todo, una presencia insólita me fue un gran consuelo. El nuevo capitán era sevillano, grande y pelirrojo. Se llamaba Álvaro Gómez de Carvajal. Esa vez, viajaba con su esposa, Inés Sandoval de Gómez de Carvajal, y su hija, Elvira Gómez de Carvajal y Sandoval. En otras circunstancias esos apellidos sonoros me habrían hecho sonreír, pero no fue así porque la hija, Elvira, tomó posesión de mi corazón desde el momento en que la vi sobre la cubierta superior. Su cabellera temblaba ligeramente bajo la brisa. Me acerqué sin darme cuenta de lo que hacía. Sus ojos eran del mismo verde que las olas del mar bajo el sol naciente. Desde ese momento, y para el resto de mi vida, estuve irremediablemente enamorado. ¡Nada me apartaría nunca de Elvira! Ella me miró, con expresión divertida y me preguntó cómo me llamaba. En guisa de respuesta, le pedí su nombre y contestó «Elvira». Entonces, dije: «Pues yo me llamo Esclavo de Elvira». En lugar de soltar la carcajadita tonta, tan habitual en niñas de su edad, devolvió mi miraba con gallardía, como para evaluarme. Debí parecerle sincero, porque se lo tomó en serio. Algo inmaterial, indefinido pero definitivo, había quedado sellado entre nosotros.

Durante la primera travesía, no había notado que la nao era en realidad una vieja carabela. Se da la circunstancia de que el lastre de una carabela ha de calcularse con muchísimo cuidado, porque de otro modo se hace tan manejable como un burro en celo. Cuando vino el momento de cambiar confidencias, Elvira me dijo que su padre había transportado armas en lugar del lastre durante el viaje de ida. Para la vuelta, el lastre era el habitual: arena y guijarros. Eso significaba que don Álvaro era traficante de armas además de marinero. Como las armas iban para mis correligionarios, me pareció muy bien, pero he de confesar que me hubiera parecido bien de cualquier modo, no por las armas sino por Elvira. Hice todo lo que estuvo en mi poder para congraciarme los padres de mi más que amada Elvira, por lo que al echar el ancla en Málaga, doña Inés y don Álvaro sabían quien era yo, y lo que era, y pese a todo me consideraban ya como su yerno.

Quien se lo tomó mal fue mi padre. Hizo falta toda la inteligencia y la irresistible ternura de Arrusa para convencerle de que «Si a esos nazarenos les trae sin cuidado sus propias leyes que prohíben esta boda, ¿para qué oponernos a lo inevitable? Elvira es más hermosa que la primavera, ama a nuestro Shams y está dispuesta a abrazar nuestra fe para casarse secretamente según nuestra ley. ¿Qué más quieres? Ven, amor mío, pon tu mano sobre mi pecho. ¿Qué harías sin mí? ¿Por qué quieres que Shams renuncie a su Arrusa de fuego? ¡La he mirado, y creo en ella!

Ahora entiendo por qué el ermitaño de Cairuán decía que el amor humano es la metáfora del amor divino. Aparte de don Álvaro y de doña Inés, los únicos nazarenos invitados a nuestra boda fueron nuestros viejos y queridos amigos don Francisco Guerrero y don Luis del Marmol y Carvajal. Éste, por una de esas coincidencias extrañas que pueden ocurrir cuando menos se piensan, era primo de mi futuro suegro.

Había contado a don Luis los sucesos de mi estancia en

África. La reacción de Abu Ziād al leer su carta de recomendación le divirtió mucho, y confirmó cuanto había dicho mi maestro de caligrafía: don Luis le debía efectivamente la libertad.

Durante la fiesta nupcial, don Francisco hizo unas improvisaciones increíbles sobre nuestras zambras, porque había traído su *corneto muto* romano para mayor deleite de todos cuantos tuvimos el privilegio de escucharlo. Tuvo conmigo un gesto de gran generosidad: bendijo nuestro enlace a pesar de la prohibición y sin querer enterarse de que Elvira se había convertido. Por tanto, Elvira y yo estamos casados según las dos leyes. Que yo sepa, no se ha dado otro caso semejante en toda España.

Bajo la bóveda estrellada de una magnífica noche de enero, ascendí por ese nuevo haz luminoso hasta las mismas fuentes de la vida. En septiembre de 1563, cogí en brazos mi pequeña princesa de la noche. No podía llevar otro nombre sino el de Leila.

Vivíamos en la pequeña villa de estilo romano que mi padre poseía en la vega de Granada. Delante de la puerta principal, había una fuente rodeada de granados. Me haría falta la inspiración del gran poeta Abu Nuwās para describir el encanto de mi pequeña noche de terciopelo mamando el pecho solar de Elvira, sentada al borde de la fuente. Daba gracias al muy Misericordioso y recitaba el sexto versículo de la azora El Hierro: «Engarza la noche en el día y engarza el día en la noche. Él conoce perfectamente lo que encierran los corazones».

Había vuelto al trabajo junto a mi padre y a la práctica de la esgrima con don Luis. Nada había cambiado, como si mis años de aprendizaje en Cairuán no hubieran pasado; sólo que, entretanto, Leila crecía. Con sólo cinco años, ya era una seductora temible. Para pulverizar mi autoridad paterna, sabía escribir *alef* y *bēt* con su cabellera de azabache sobre el mármol blanco de nuestra casa. Una sola mirada de sus ojos negros y candentes, en los que se reflejaba toda la humana inteligencia, y si lo deseaba, me hacía pasar gustoso por el ojo de una aguja. Elvira se burlaba de mí: «¡Mirad! ¡Allí tenéis al invencible guerrero Shams! ¡Ved como lo vence una niña apenas nacida!». La verdad es que no le faltaba razón: el poder de Leila era mucho mayor que el de Shams, el guerrero presuntamente invencible.

En 1567, se acumularon nubes negras sobre al-Ándalus. El presidente de la chancillería de Granada, don Pedro de Deza, se hacía odiar por toda la población, creyentes y nazarenos confundidos. Todo le era pretexto para ejercer las peores exacciones, de las que él se beneficiaba personalmente con la complicidad activa de la Inquisición y del obispado, que también se aprovechaban con una desvergüenza total. El 31 de diciembre, Deza hizo pregonar una lista interminable de prohibiciones. Debíamos abandonar nuestra vestimenta tradicional, nuestro idioma y por tanto también su escritura, tampoco podíamos bailar o cantar nuestras zambras, ni... bueno, resumiendo: con su lógica nazarena, Deza quería vernos vestidos de nazarenos para borrar nuestras diferencias, pero diferenciándonos con una señal infamante cosida en nuestros sombreros; ¡como los judíos!

Muertos o vivos, los nuestros se seguían unos a otros en las hogueras nazarenas, con el fin de llenar las arcas privadas de Deza y de los dominicos. Digo y repito: ¡muertos o vivos! Los nazarenos desterraban a nuestros antepasados para juzgarlos y luego condenarlos a la hoguera en un auto de fe público. Con ello, los nazarenos podían confiscar los bienes de esos antepasados, heredados a lo largo de varias generaciones, arruinando centenares de familias. Esa práctica de la «justicia» era ya cosa antigua, porque los Reyes Católicos Fernando e Isabel la habían instituido al mismo tiempo que la Inquisición, traída desde Francia donde había hecho estragos en el Mediodía de aquel reino. Lo único nuevo, era el extremo rigor de su aplicación y práctica por Deza. El asco y la ira enardecían los corazones, pero aún no se atrevían a manifestarse porque sólo el nombre de don Pedro de Deza inspiraba un temor supersticioso, incluso entre quienes tenían capacidad para combatirle. Pronto sería demasiado tarde para levantar cabeza, porque de guerreros que éramos, nos estábamos convirtiendo en una miserable raza de esclavos sumisos y temerosos.

Entonces es cuando decidí hacerme monfí. Mi padre me recomendó a un adalid llamado Farax ben Farax, un descendiente legítimo de los Banu Serraj de Granada, a quienes los nazarenos llaman Abencerrajes. Farax tenía fama de ser un matón sin escrúpulos ni piedad, y la verdad es que disponía de varios centenares de hombres disciplinados y muy diestros en el arte de tender trampas y emboscadas a las tropas que relevaban las guarniciones de la costa entre Málaga y Almería. Basta decir que era el hombre más peligroso y buscado de toda España.

Las lecciones de don Luis habían surtido efecto, pues me hice rápidamente famoso por lo fulminante y preciso de mis ataques. En febrero de 1568, aún no había cumplido veintitrés años pero ya era el lugarteniente de Farax.

Poco a poco, la ira de los creyentes se iba acercando al punto crítico. Había que actuar cuanto antes. Farax quería intentar un golpe contra la fortaleza de Alhambra y, desde allí, dar la señal del levantamiento general al izar el antiguo estandarte bermejo de los Banu Nasr, en lo alto de la torre del homenaje. Farax proyectaba ese golpe audaz, porque el arsenal de Alhambra podía significar, a largo plazo, la diferencia entre la victoria final y una muerte ignominiosa. Yo compartía su parecer, pero como medida de seguridad compré una casa pequeña en Loja, una población nazarena situada al poniente de Granada. La casa fue comprada en nombre de don Luis del Marmol, quien me prestó gustoso su nombre cuando le expliqué que temía por la vida de mi familia, lo cual era la verdad más estricta. Trasladé allí a Arrusa, Elvira y Leila. Mi viejo padre quería participar en el levantamiento y por tanto se quedó conmigo en el Albaicín.

Antes que nada, había que fabricar escaleras para escalar las murallas del lado de la Torre del Agua. Era el lado más favorable, porque los nazarenos no esperaban un ataque donde las murallas eran más altas con, además, un foso profundo por el que corrían las aguas desviadas del Darro antes de reunirse con las del Genil en la vega. Necesitábamos escaleras muy largas y fuertes que nos eran imposibles fabricar en el Albaicín sin despertar sospechas. Yo propuse Güejar, un pueblo fortificado situado a tres leguas de Granada, hacia el levante, así como Dudar y Quentar para repartir riesgos por partes iguales. Las escaleras fueron fabricadas con mucho recaudo en esos tres pueblos. Entretanto, Farax debía dedicarse a reclutar dos mil combatientes en las Alpujarras. Estos debían coger las escaleras y bajar hacia Granada en plena noche. Farax, mi padre y yo debíamos encargarnos, con quinientos hombres, de levantar el Albaicín y luego reunirnos con los alpujarreños para dar el asalto. Los primeros en tomar pie en la ciudadela debían disparar sus cañones, dando así la señal del levantamiento general que todos esperaban.

Se fijó una primera fecha: la noche del jueves santo. La elección de un día festivo parecía ineludible porque en esos momentos los nazarenos extinguen sus ardores belicosos con vino. Sin embargo, tuvimos que abandonar esa fecha porque supe que la chancillería había sido avisada por un soplón. Tuvimos que esperar que se calmara la alarma.

La fecha definitiva se fijó —por nuestra desgracia— en el veinticuatro de diciembre de 1568.

Al principio, todo anduvo como lo habíamos planificado. Con nuestros quinientos hombres, recorrimos las calles del Albaicín con chirimías, gaitas y tambores, pregonando el levantamiento contra el opresor. El hecho de oír nuestra antigua música militar y el llamamiento a las armas en el idioma granadino precipitó la gente a sus ventanas, pero nadie se atrevió a salir. La guarnición nazarena bajaba de Alhambra y nos vimos obligados a luchar, a pesar de que debíamos abandonar el Albaicín y unirnos a los dos mil alpujarreños que traían las escaleras. En un último alarde de voluntad, Farax se subió a un campanario y, con voz estentórea, intentó impulsar la rebelión. ¡En vano! En el cómodo calor de sus hogares, había diez mil hombres capaces de tomar las armas por nuestra dignidad y nuestra libertad: ¡ni uno se atrevió a salir!

La suerte nos era contraria en aquella fatídica noche: la temperatura subió repentinamente, provocando una nevada tan intensa que resultó imposible ver a más de un codo. Los nazarenos se pusieron a luchar entre ellos, creyendo que era contra nosotros. Aprovechando su error, abandonamos el Albaicín y subimos hacia la Torre del Agua.

Como era de esperar, allí no había nadie. Sin escaleras no podíamos hacer nada. Ante esas desgraciadas circunstancias, decidimos abandonar Granada e intentar alcanzar el valle de Lecrín. Era la única solución sensata, pues todos los accesos al Albaicín habían sido cortados por la guarnición nazarena de Alhambra; por lo tanto, no había nada que hacer allí.

La suerte estaba echada: partimos a pie, mi padre, Farax, algunos pocos hombres y yo, en lo más espeso de la tormenta. La gran guerra había empezado.

Mi padre murió de frío sobre el camino de Lecrín. La rabia y la pena me dieron fuerzas para seguir adelante. Ahora, era yo el celador de la Leona; debía mostrarme digno de tan exaltada responsabilidad.

## III

## REY LEGÍTIMO DE GRANADA

El asalto a Alhambra ha sido un desastre. Estoy obsesionado por el rostro de mi padre moribundo, bajo las ráfagas de nieve. Ahora descansa cubierto por una mortaja inmaculada. Lisān ed-Dīn Ibn al-Jatīb, dos veces gran visir por la pluma y por la espada en tiempos del gran rey Muhammad V, decía que no debíamos temer los blancos rigores del invierno. Es verdad que, en Granada, las almas del combatiente y del poeta se forjan y se curten en lo alto de Mulhacén. Sus torbellinos de nieve laceran el cuerpo pero moldean el espíritu de nuestra tierra. Fiera despiadada que sabe acariciar como una madre, la nieve nos inspira y nos ampara desde hace muchos siglos. Debemos dirigir nuestros pasos hacia ella; tras el temporal, su gélido silencio será nuestro escudo. Allí arriba es donde mereceremos, quizás, con las armas en la mano, que amanezca otra primavera. Ah… si una vez, sólo una vez, pudiera sepultar mi mano de niño en la de mi padre… quisiera aullar, liberar el terrible dolor que llevo dentro, pero ¿de qué serviría? En el frío de las cumbres, la loba aullará en mi lugar.

El Albaicín se ha convertido en una trampa mortal. Ahora sabemos que el combatiente sin jefe se asemeja a un cuerpo sin cabeza. ¡Necesitamos un jefe! Mejor aún: necesitamos un rey en torno a quien podremos reconstituir el reino de nuestros antepasados.

Los mensajeros de Farax ben Farax se reparten el reino y hacen llegar nuestra voz en los cien mil hogares que aún mantienen viva la fe verdadera: ¡Todos a la Alpujarra!

Convergemos hacia el valle de Lecrín. Allí, la mayor parte de los pueblos se ha levantado, respondiendo así al llamamiento de Farax. Aquel gran valle fértil, regado por seis ríos que bajan desde lo alto de la Alpujarra, es una especie de falla en el monte que nace a tres leguas de Granada hacia el poniente, contra la serranía de la Manjara en la que corre el río Alhama. Hacia levante, el valle alcanza la taha de Órjiva en Sierra Nevada. Al sur del valle de Lecrín, Salobreña es una ciudad admirablemente fortificada que domina Motril y su costa. Dentro del valle, hay veinte pueblos, siendo los más importantes Dúrcal, Padul, Béznar y Lanjarón. Este último es famoso por la exquisitez de sus manantiales. Los nazarenos mantienen una importante guarnición en Dúrcal; por tanto, evitamos ese pueblo y nos dirigimos hacia el extremo oriental del valle.

Farax ben Farax es más combativo que nunca. La noticia del levantamiento se extiende a toda velocidad; los hombres afluyen pero vienen generalmente con sus familias. Reconozco que no les es posible abandonar padres, mujeres e hijos en sus hogares: los nazarenos no perdonan a los inocentes.

Farax nombra el consejo que deberá elegir nuestro rey. Formo parte del consejo y propongo a Farax mismo, puesto que ya ha sido proclamado rey por algunos sublevados del

Albaicín. La mayoría piensa de otro modo: «la legitimidad de un rey, dice, le es dada por su linaje. Es cierto que Farax ben Farax pertenece al noble linaje de los Banu Serraj, a quienes los nazarenos llaman Abencerrajes. También es cierto que los Banu Serraj permanecieron fieles a los reyes de Granada cuando sus enemigos, los Banu Zegri, traicionaban a cambio de privilegios otorgados por los Reyes Católicos. Sin embargo, quieren dar la corona de Granada al único hombre capaz de unificar a todos los creyentes bajo su estandarte: muley Muhammad Ibn Umeyya. ¡Su linaje es tan noble que incluso podríamos proclamarle «Emir de los Creyentes»!

Yo conocía bien a ese Muhammad Ibn Umeyya. Había sido miembro del Consejo de la ciudad de Granada y disfrutaba de cierto prestigio, entre nazarenos, porque era rico y tenía fama de ser un buen nazareno. Es verdad que se le veía comiendo carne de puerco con regocijo mientras su padre navegaba encadenado en una galera del rey Felipe. Su nombre nazareno era don Hernando de Córdoba y Valor pero descendía directamente del califa Maruān Ibn Umeyya y de quienes dieron muerte al califa Hussein, hijo de Alí el beato. Al fin y al cabo, nazarenos y creyentes acostumbraban llamarle Abenhumeya a secas, y así lo hacía yo. He de admitir, con cierto pesar, que su legitimidad no daba lugar a la más mínima duda: le había sido transmitida por los grandes califas de Córdoba. Lo que nos preocupaba a mí, a Farax y a sus partidarios, no era solamente el hecho de que Abenhumeya careciera de experiencia militar si no que mantuviera relaciones estrechas e incluso íntimas con los nazarenos. Nos preocupaba sobre todo su prodigalidad. Había cedido su puesto en el Consejo de Granada y su casa palacio por sólo mil doscientos ducados. Una miseria. Acababa de atravesar el valle de Lecrín con sólo una mujer y un esclavo, cuando se encontró, con esa mediocre escolta, en casa de un pariente en Béznar.

Farax está furioso pero tiene la sensatez de acatar la decisión del consejo. Yo hago lo mismo por las mismas razones: debemos mantenernos unidos a todo trance si queremos sobrevivir al conflicto que se avecina.

Ese mismo día, dos mensajeros salen para Béznar. Al día siguiente, Abenhumeya está entre nosotros. Acepta ser nuestro rey. A su vez, tiene la sensatez de proponerle a Farax el título de gran visir. A la unanimidad de sus miembros, el consejo decide que nuestro nuevo rey será consagrado según el antiguo rito de los reyes de Granada.

Tres días más tarde, somos más de doce mil hombres, mujeres y niños sobre una inmensa explanada que domina el valle. El año 1569 empieza con tiempo frío y seco. El sol del mediodía nos recalienta un poco a pesar de la nieve que nos rodea por todas partes. Una brisa hace ondear los estandartes. Nos repartimos en grupos, como lo requiere la tradición: hombres y mujeres aparte, según si somos solteros, casados o viudos.

La ceremonia debe empezar por una profecía: el decano de los alfaquíes viene y se pone delante de Abenhumeya. Con voz clara, dice: «Príncipe: una antigua profecía ha sido autentificada mil y una veces por los más altos estamentos religiosos. Está escrito entre las constelaciones que la libertad de nuestro pueblo vendrá de la mano de un hombre joven y apuesto de linaje real y bautizado fuera de nuestra ley. Tu has sido designado por la providencia del Muy Misericordioso y nosotros sabemos de ciencia cierta que el hombre joven de la profecía eres tú. ¿Prestas juramento ante Dios de vivir de aquí en adelante y de morir en la fe de tus ilustres antepasados, de defenderla en ti mismo, en tus súbditos y en tu reino, e incluso, si hace falta, con las armas?». Abenhumeya se inclinó, mostrando así su conformidad con el juramento. Luego pronunció tres veces, con voz grave, la profesión de fe. Había llegado el gran momento: le impusieron el manto y el collar purpurinos de los reyes de Granada. Se quedó solo en medio de un espacio libre. Alrededor, la muchedumbre le observaba. Había un silencio apenas turbado por la brisa agitando los estandartes. Todos estábamos emocionados. Algunos no pudieron contener las lágrimas: estábamos en presencia de un rey legítimo de Granada. De golpe, nuestra dignidad nos había sido devuelta. De repente, Abenhumeya había crecido. Era otro hombre. Por la voluntad del Muy Alto y Muy Clemente, Muhammad XIII Ibn Umeyya, rey de Granada, reinaba y nosotros éramos sus fieles súbditos.

Cuatro hombres se adelantaron. Cada uno llevaba un estandarte que extendió delante, detrás y a los dos lados del rey, para simbolizar los cuatro puntos cardinales. Entonces, Abenhumeya recitó la Çala cuatro veces, inclinándose cada vez ante un estandarte. Luego juró defender la fe en él mismo, en sus vasallos y en su reino, e incluso, si era necesario, con las armas.

En nombre de todos, Farax ben Farax se prosternó ante el rey en señal de obediencia y besó el suelo delante de la punta de su bota. El rey hizo que se levantase, le nombró gran visir del reino y le dio la acolada como manda nuestro protocolo. Entonces se oyeron las ovaciones: ¡Dios exalte a Muhammad Ibn Umeyya, rey de Granada y de Córdoba!

El rey pasó el resto del día nombrando gobernadores. Cada provincia del reino de Granada —es decir, las antiguas tahas— tuvo su gobernador y su alguacil mayor. El tío del rey, Abenjauhar, fue nombrado capitán general de los ejércitos. Cuando me adelanté para besar la mano del rey, vi que Farax le estaba hablando a voz baja. El rey vino sonriendo hacia mí y me extendió la mano. Le rendí homenaje y juré servirle hasta la última gota de mi sangre. Me encargó constituir un cuerpo de ejército muy móvil, compuesto de arcabuceros y ballesteros. Me otorgó la graduación de teniente general. Desde ese momento, estaba bajo las órdenes directas de Abenjauhar, a quien aún no conocía.

El momento era propicio para dar un gran golpe contra los invasores nazarenos, antes de que se recuperasen y nos aplastasen con su superioridad numérica, su armamento y sobre todo su artillería pesada. La mayoría si no todos los monfíes se habían unido a nosotros. Le pedí a Abenjauhar su autorización para reunirlos todos en un solo cuerpo de ejército que se convertiría luego en núcleo del gran ejército real. Dio su consentimiento con un reparo que me pareció justificado y me hizo buena impresión: «los únicos combatientes experimentados de que disponemos, dijo, son los monfíes y los gandules, es decir, los antiguos miembros de las milicias urbanas. Puedes disponer de todos ellos a excepción de los que hagan falta para formar otros cuerpos de ejército con el fin de controlar el reino mediante hombres avezados en técnicas que han demostrado su eficacia contra el nazareno». Abenjauhar me recordó que, de momento, mi cuerpo de ejército sólo dispondría del armamento traído por los monfíes mismos; eso a la espera de que Argel conteste a nuestras peticiones de ayuda. «También puedes servirte del armamento nazareno, añadió con una sonrisa cómplice: basta con que te dirijas a sus arsenales y lo solicites con tino y finura.» Finalmente, Abejauhar me informó de que un emisario nuestro llamado ben Daúd había salido de Adra, cerca de Almería, con un mensaje para los turcos de Argel. Desgraciadamente, había sido apresado por un navío de guerra nazareno. Ben Daúd había conseguido escapar pero, entre tanto, varios mensajeros habían salido desde lugares distintos, por lo que era de esperar que Argel nos mandara armas, pólvora y hombres bien adiestrados, cuales los famosos jenízaros. Por lo tanto, mis órdenes eran ir a Sorbas, un pequeño puerto pesquero cerca de Adra, y ocuparlo. La elección de ese lugar retraído era debida a que los turcos mismos lo habían nombrado como lugar adecuado.

Señalé a cinco veteranos entre los que habían servido conmigo bajo las órdenes de Farax. Les pedí que seleccionaran cada uno cien combatientes experimentados, o sea quinientos hombres en todo, divididos en cinco compañías mandadas por ellos mismos. Les dije que las órdenes eran: salir al alborada, ocupar Sorbas y quedarse allí hasta la llegada de los turcos. También les pedí que procuraran traer el más gran número posible de mulas, con el fin de poder transportar el armamento y la pólvora que —suponíamos— nos llegarían de Argel. Antes de ir a descansar, seleccioné cincuenta jinetes, pues pensaba que un destacamento de caballería podía servir caso de que tuviéramos que pelear en campo abierto o que necesitáramos enviar mensajes urgentes. Entonces me fui a descansar en una tienda montada en el valle, que compartía con los pastores que la habían traído desde lo alto de sus majadales.

Tardé en conciliar el sueño. Los acontecimientos del día habían sido exaltadores, pero ello no quitaba los peligros de una estrategia militar vinculada a la suerte de miles de no combatientes. Era evidentemente imposible abandonarlos. Nuestros ancianos, nuestros hijos y en menor medida nuestras mujeres no combatientes eran un lastre muy serio.

¿Cómo íbamos a darles la debida protección? Suponiendo que nos fuera posible arrebatarle al nazareno alguna fortaleza e incluso alguna que otra ciudad, luego ¿cómo defenderíamos esas plazas sin disponer de artillería? Desde siempre, la fuerza de los monfíes había residido en su movilidad. Sus ataques contra los nazarenos se hacían por grupos pequeños, capaces de desplazarse a lo largo y ancho del reino con mucha velocidad y, en caso de necesidad, de tomar refugio en las cavernas más inasequibles de la Alpujarra. La situación presente era radicalmente distinta. Íbamos a crear cuerpos de ejército importantes y destinarlos en gran parte a la defensa de la población y de nuestros almacenes de víveres y de municiones. Perdíamos así nuestra movilidad frente a fuerzas nazarenas muy superiores en número y en armamento. Dadas esas circunstancias, nuestra única posibilidad de vencer consistía en dar el primer golpe y darlo fuerte. Coger el más gran número posible de fortalezas, pueblos y ciudades, capturar el armamento del enemigo, sobre todo su artillería pesada, y echar al nazareno fuera del reino. Si actuábamos inmediatamente, esa estrategia era ambiciosa pero no imposible. Lamentablemente, el paso del tiempo no nos era favorable. Decidí hablar de ello con Abenjauhar antes de salir.

Despunta el día. Abenjauhar hace sus abluciones previas a la primera plegaria. Le hablo de mis aprensiones pero no consigo convencerle. Reconoce que tengo razón, pero según él los hombres sólo piensan en vengarse de los nazarenos y carecen de disciplina. Teme lo peor y me aconseja salir de inmediato. Sin un ejército en condiciones, no podemos atacar ni fortalezas ni ciudades. De momento, disponemos de un populacho sediento de sangre. Tengo mis órdenes; debo ejecutarlas sin más demoras. Dicho eso con tono cansino, Abenjauhar me recomienda a Dios y se vuelve hacia La Meca.

Mis hombres me esperan. Mi caballo está ensillado; engancho mi Leona al arzón y nos ponemos en marcha rumbo a la noche que huye. A nuestras espaldas, el sol empieza su ascenso por encima de las cumbres nevadas. Lentamente, las sombras se van acortando. En camino, cruzamos algunos nazarenos aterrorizados. Los dejamos en paz. Los pueblos dan la razón a Abenjauhar: matan, saquean y queman sin ton ni son. Al verlos, pienso que ya estamos perdiendo la batalla suprema de esta guerra. Mis cinco oficiales piensan lo mismo: nuestra causa es justa pero esas masacres la deshonran. Nuestra gente se comporta como nazarenos: sin pensar en las consecuencias de sus actos.

Al atardecer, descendemos sobre Sorbas. Ese diminuto puerto de pescadores está en manos de los nuestros. Es suficiente para el uso al que queremos someterlo, pero difícilmente podremos defenderlo si nos atacan. Coloco a mis hombres en la ladera de la montaña que domina el mar. En el interior del pueblo, de lo nuestro sólo quedan los cincuenta caballos y las sesenta y tres mulas requisadas por mis oficiales. Caso de que se produjera alguna alerta, los que esperan en la montaña deberán hacer señales con un espejo si el día está soleado, o encender una hoguera por cada navío avistado si el cielo está nublado o si es de noche. Fijamos los turnos de guardia y nos dedicamos a esperar.

Pasan ocho días sin novedad alguna. Al atardecer el noveno día, los vigías del pueblo avisan que dos hogueras están encendidas en el monte. ¡Dos navíos se dirigen hacia nosotros! ¿Turcos o nazarenos?

Los turcos traen desde Argel cien hombres, mil arcabuces, dos cañones pesados, cinco culebrinas, moldes para fabricar balas de cañón, quinientos barriles de pólvora y otras tantas picas de infante. Es poco, dadas nuestras necesidades, pero es mucho más de lo que esperaba. Nuestras mulas no bastan para transportarlo todo al valle de Lecrín. Debemos sea hacer dos viajes, o sea requisar más mulas en los pueblos cercanos. Para ganar tiempo, adoptamos la segunda solución. Treinta jinetes salen en todas las direcciones; cada uno deberá traer por lo menos dos mulas esta misma noche o mañana por la mañana a lo más tardar. La noche es clara: pasado mañana habrá plenilunio. Será una notable ventaja para guiar caballos y mulas a través de las rocas, con tal de no topar con fuerzas enemigas. No preveo muchas dificultades por ese lado; tierra adentro y de momento, el nazareno se hace escaso. El principal peligro radica en las galeras que patrullan constantemente entre Cádiz y Cartagena. Desde ese punto de vista, hemos tenido mucha suerte.

Al día siguiente, el sol alcanza casi la mitad de su recorrido diurno cuando regresa el último jinete. Ahora disponemos, en total, de ciento veintiocho mulas. Las cargamos a toda prisa; por fortuna, los pescadores nos han cedido cuerdas y redes en cantidad suficiente. Los cañones suponen una dificultad suplementaria, pero son indispensables: no podemos permitirnos el lujo de dejarlos atrás. Nos obligan a pasar por caminos bajos y luchar a descubierto si nos descubre un destacamento nazareno. Contando los refuerzos turcos, somos ahora una fuerza de seiscientos infantes bien armados y de cincuenta jinetes. Es poco probable que los marqueses de Mondéjar y de Vélez se hayan puesto lo suficientemente de acuerdo como para venir hasta aquí con fuerzas suficientes para vencernos. Es notorio que esos dos jefes nazarenos se odian y que son odiados a su vez por el presidente de la chancillería de Granada, el siniestro y malvado Pedro de

Deza. Ello nos permitirá ganar tiempo, aunque me temo que no mucho.

El trayecto hacia el valle de Lecrín es desesperadamente lento, precisamente a causa de los cañones. Lo más difícil es vadear los ríos, que por estas partes son abundantes y caudalosos. Los pueblos que atravesamos ofrecen un espectáculo macabro. Crucificados o empalados, los cadáveres de sacerdotes, monjes y monjas emponzoñan el aire que respiramos. Las iglesias quemadas me causan alarma cuando me doy cuenta de que los nuestros se han ensañado con los ídolos nazarenos. ¿Es que nos hemos vuelto idólatras también nosotros? Para sentir tanto odio hacia un trozo de madera escayolado y pintado, hay que atribuirle poderes sobrenaturales. Me tranquilizo un poco pensando que, en el fondo, son símbolos de la opresión sangrante e injusta sufrida por tres generaciones de granadinos. Pasada esta mala racha de ira desenfrenada, podremos dedicarnos a cosas serias.

Al principio, enterramos las víctimas de los excesos, pero son demasiados y debemos darnos prisa. Veo, horripilado, que nuestra gente no tiene piedad ni para los niños nazarenos. Esas escenas lamentables nos convencen que la guerra será sin cuartel. Debemos vencer o ser exterminados.

Nuestra llegada ha sido anunciada por mis jinetes mensajeros. El rey en persona viene a nuestro encuentro, montado en un corcel blanco inmaculado. Lleva su manto purpúreo sobre una fina malla de acero tejido por el maestro armero del rey Muhammad el Bravo. Su espada, hermana mayor de mi Leona, cuelga de su arzón. Le siguen la guardia y los estandartes bermejos de la realeza granadina. Cuando llega a nuestra altura, desmonto y le beso la mano. Quiere saludar a nuestros aliados turcos; éstos son muy reconocibles con sus turbantes y las vistosas volutas de sus bigotes. Abenhumeya está especialmente encantado por su aspecto feroz y sus exóticos alfanjes. Todos hablan más o menos nuestro idioma, aunque con acento extraño y vocabulario salpicado con términos turcos incomprensibles para nosotros. Su jefe se acerca y se prosterna ante Abenhumeya, dándole amistosos saludos de parte de Uluch Alí, beylerbey de Argel. Declara que este primer envío de ayuda será seguido por otros porque el sultán Selīm II hace saber que su deseo es que sus queridos hermanos de al-Ándalus se libren del yugo nazareno y vivan en paz. Como prueba de su buena voluntad, el beylerbey envía al rey de Granada una compañía de jenízaros con su *ketkhüdāyeri*, es decir él mismo. Abehumeya le pide lo que significa la palabra «*ketkhüdāyeri*», y el turco contesta que es el título militar de quien manda una compañía de jenízaros. Añade que él y sus hombres no llevan puestos sus trajes de jenízaros, porque no hay un estado de guerra oficial entre el sultán y el rey de España; no obstante, el rey de Granada puede disponer de su vida y de la de sus hombres. Abenhumeya le da las gracias en su nombre y en nombre de todos los creyentes de al-Ándalus. Luego expresa el deseo de ver los dos cañones. Esta misma tarde, el Consejo se reunirá para decidir de su utilización. Pregunto si el gran visir Farax ben Farax y el visir de los ejércitos Abenjauhar asistirán a la reunión del Consejo: el rey contesta que el militar con graduación más alta seré yo en esa reunión, porque Farax y Abenjauhar están organizando la defensa de las diferentes tahas del reino y por lo tanto no podrán asistir. Le pido si mis cinco oficiales y el *ketkhüdāyeri* podrán asistir. El rey da su consentimiento.

   Esa tarde, cuando el rey me cede la palabra, describo con breves pero sentidas frases lo que vimos mis hombres y yo en los pueblos, y pronuncio un alegato a favor de que cesen inmediatamente las masacres. Veo que el rey y todos los demás miembros del Consejo están de acuerdo conmigo y no veo la necesidad de insistir en ello: sin más tardar, se tomarán las medidas necesarias.

Entonces, propongo la creación de un cuerpo de ejército estructurado en torno a tres mil hombres formados y entrenados según los métodos de los jenízaros, puesto que ahora disponemos de cien jenízaros y de su capitán. Tenemos cerca de mil quinientos arcabuces; lo suficiente para formar una élite de tres mil combatientes. Pido además que ese cuerpo de élite no se vea afectado a puestos estáticos sino que esté constantemente en movimiento, sea escindido en grupos de tamaño variable, o sea unido, para aprovechar al máximo las ventajas que nos ofrece la orografía del reino. Sólo así, insisto, podremos paliar la superioridad numérica y la artillería pesada del enemigo. Insisto mucho en ello, porque me consta que los miembros del Consejo temen por las vidas de nuestros ancianos, de nuestras mujeres y de nuestros hijos, sin hablar de nuestros almacenes de víveres, de armas y de municiones. A pesar de todo, mi propuesta resulta aprobada. Entonces, el rey confirma que ese cuerpo de ejército estará bajo mi mando, así como la compañía de jenízaros, si el *ketkhüdāyeri* no tiene inconveniente en que sea así. Éste declara escuetamente que escucha y obedece.

A la espera de poder disponer de una plaza fuerte en condiciones, los cañones estarán colocados temporalmente ante la boca principal de una red de cavernas dedicadas a la conservación de víveres, pólvora y municiones. De ese modo, no perderán totalmente su movilidad, según mis deseos. Elegimos un lugar situado por encima de Purchena. Ese será el eje central de todo nuestro dispositivo militar, y el lugar donde fundiremos balas para los cañones y los arcabuces. En cuanto a las culebrinas, decidimos limitarnos de momento al uso de metralla; eso reduce su alcance, pero aumenta su eficacia a corta distancia. Ya tenemos moldes: el combustible y el plomo serán traídos desde las cuatro esquinas del reino para que la fabricación pueda empezar lo antes posible. También intentaremos encontrar carbón, salitre y azufre para fabricar pólvora. Una sección de herreros será formada para la fabricación de armas blancas: picas, espadas y dagas.

Dedico los días siguientes a seleccionar los hombres que integrarán mi unidad de combate. Prefiero los monfíes por ser expertos en el arte de la guerra de movimiento y —en la mayoría de los casos— por no tener familia, generalmente por causa de represalias ejercidas por los nazarenos. Tres mil arcabuceros, dos mil ballesteros y dos mil honderos. En cuanto a caballería, me limito a los cincuenta jinetes que me acompañaron a Sorbas.

El *ketkhüdāyeri* se llama Khorush Alí. Es él quien nos enseña la célebre táctica de los jenízaros: nueve filas iguales de arcabuceros ocupan el centro del despliegue en el campo de batalla. Cuando la primera fila ha disparado, corre hacia atrás y se convierte en última fila y carga sus arcabuces mientras la que era segunda fila pasa a primera y dispara. Así continuamente, de tal modo que el tiro resulte constante.

Más ligeros y rápidos, los ballesteros y los honderos practican el tiro al blanco y se adiestran en los movimientos que han de corresponder a las señales de sus jefes de sección. Todos aprenden de los jenízaros el manejo de armas blancas. Éstos son instructores admirables; en combate cuerpo a cuerpo, igualan e incluso superan a nuestros mejores monfíes.

Debemos entrar en campaña antes de que los nazarenos

hayan tenido tiempo de recobrar el ánimo y la capacidad de luchar. Por lo tanto, deberemos completar nuestro entrenamiento en el mismo campo de batalla pero, como dice Khorush Alí, es allí donde se imparte la mejor doctrina militar.

## IV

## EL JUDÍO EXILIADO

Estamos dispuestos y listos para entrar en combate. Los turcos han hecho milagros. Debo felicitarlos y decirles que ha llegado el momento de poner sus métodos a prueba del fuego. Propongo a cada uno el mando de una compañía de cien hombres. En nombre de todos, Khorush Alí me da las gracias pero asegura que una compañía de jenízaros sólo vale si permanece unida. Confidencialmente, me dice que sus hombres son todos hijos de nazarenos criados como sectarios de Alí; por lo tanto sería mejor no mezclarlos con malikíes —es decir, nosotros—. El capitán turco no quiere que haya fricciones sectarias en el ejército granadino. Muy a pesar mío, reconozco que tiene razón. En materia religiosa, las mentes se vuelven perversas por razones que no consigo entender. Ahora comprendo por qué se alejan de nosotros para rezar y por qué casi todos se llaman Alí. Le pregunto a Khorush si es chiíta, y me sorprende contestando: «no exactamente». No creo oportuno ni sensato insistir en ello. Le propongo ser mi lugarteniente a la cabeza del ejército, pero una vez más pide, como si se tratara del más preciado favor, que le permita combatir con sus hombres como simple *ketkhüdāyeri*. Promete que no lo lamentaré. ¡Qué hombres más extraños esos turcos! ¡Consideran un gran favor el no estar obligados a aceptar un honor o un puesto de mando!

Solicito audiencia con el rey y éste me recibe inmediatamente. Le digo que estamos dispuestos a entrar en combate y le pregunto si tiene órdenes particulares que darme. Contesta que su estrategia consistirá en reconquistar la parte oriental de su reino, la que sería más fácil de defender si tuviéramos reveses en el campo de batalla. Para lo demás, dice, les corresponderá a los jefes militares tomar día a día las decisiones tácticas, pues estando ellos directamente involucrados, sabrán actuar con la rapidez y la flexibilidad que requiere el caso. Abenhumeya me pone la mano sobre el hombro y me mira fijamente. Me pregunta si he visitado alguna vez el interior de Alhambra. Contesto:

—Sí, Majestad. Entré allí una vez para entregar telas teñidas por mi padre.

—¿Y qué recuerdo tienes de lo que viste?

—El recuerdo de un paraíso.

—¿Desearías que allí ondeara mi estandarte?

—¡Por ello daría mi vida, Majestad!

—Sólo depende de ti que así sea.

—¿Que yo muera?

—No, Shams, no que tú mueras, sino que resucite el reino de nuestros antepasados. Pero te quiero hablar de otra cosa. Vas a emprender una guerra de movimiento. Tus hombres han sido entrenados para eso. Las murallas que mejor os amparan son nuestros montes nevados y nuestro pueblo que sufre y muere por su fe. El éxito o el fracaso de tu empeño dependen de la exactitud y puntualidad de la información de que dispongas. Debemos ampliar y mejorar nuestra red de espías. También debemos establecer contactos diplomáticos con el rey de Francia y la reina de Inglaterra; incluso, Dios mediante, con todos los reinos protestantes de Europa. Pueden ayudarnos porque todos son enemigos de nuestro enemigo, el rey Felipe. Es verdad que tengo espías en Granada, en Córdoba, en Sevilla, en Toledo e incluso en Madrid y en El Escorial pero, con muy escasas excepciones, no me puedo fiar de ellos. ¿Acaso tienes alguna idea al respecto?

—Los judíos, Majestad. Los judíos siempre han sido nuestros aliados más seguros.

—Sé que estás en lo cierto. Antaño, antes de que reinaran los Banu Zīri, nuestra Granada fue una ciudad judía. Después, la comunidad judía fue siempre escrupulosamente fiel a los Banu Nasr. ¿Acaso conoces algún judío que podría y aceptaría servir nuestra causa?

—Conozco a uno, Majestad.

—¿Uno solo?

—Éste no es cualquier judío. Es muy rico, influyente e obstinado. Dispone de un auténtico ejército de agentes repartidos por toda Europa y las Indias occidentales. Forman una telaraña muy sensible y eficaz, que le mantiene informado puntualmente de lo que pasa y de lo que va a pasar. Se trata de un antiguo asociado y cliente de mi padre llamado Moisés Penuel, natural de Londres pero de origen granadino. Sé que no le importaría ayudarnos si de ese modo le brindamos una ocasión de emponzoñar los sueños de Felipe. También sé que está muy a menudo en San Juan de Luz, desde donde trata sus negocios con España. Creo que es amigo personal del rey de Francia. Cuando yo era niño, me tenía afecto.

—¿Por qué dices que es obstinado?

—Lo conozco bien, Majestad. Envía rabinos, pagados por

su propia hacienda, para que circunciden y adoctrinen a los *anussim*, los que los nazarenos insultan con el vil nombre de marranos. Éstos lo hacen a las narices de los inquisidores.

—A eso no lo llamo obstinación sino fidelidad a sus principios. ¿Puedes enviarle un mensajero a ese Moisés Penuel?

—Sí, Majestad, pero creo que mejor sería que le hablase personalmente.

—Si es así, le escribiré una carta que le entregarás de mi parte. Saldrás inmediatamente. Voy a nombrar a tu substituto. ¿Sabes de alguien que sea capaz de asumir el mando del ejército?

—Sí, Majestad, conozco a alguien que no sólo puede sino debe asumir el mando del ejército. Si me lo permite, Majestad, esa persona es usted mismo. Si Dios le da la victoria sobre los devoradores de inmundicias, su prestigio será tal que quizás los creyentes de Valencia aceptarán por fin nuestra oferta de unirse a nosotros. Si fuera así, nuestro destino podría dar un giro espectacular, porque son muchos y disponen de arsenales secretos. En cuanto vuelva de San Juan de Luz, podría entonces reasumir el mando de un ejército puesto al servicio de un rey amado y admirado por sus súbditos, y temido por sus enemigos.

—Tienes razón. Si no lo hiciera, mi gente me tendría por cobarde. Acepto tu propuesta y espero mostrarme a la altura de mis antepasados, los Banu Umeyya de Córdoba.

—Los superará, Majestad. Es fácil ganar victorias cuando se dispone del ejército mayor y mejor del mundo. Su victoria será tanto más memorable cuanto que contraria a la lógica. ¿Puedo pedirle tres favores, Majestad?

—Te concedo todo cuanto quieras. Soy demasiado joven para ser tu padre, por tanto te considero como un hermano. Di, ¿qué deseas?

—Mi madre, Fatma sett Fares, a quien todo el mundo conoce por su mote de casada, Arrusa, mi mujer Elvira y mi hija Leila siguen atrapadas en el Albaicín. Hace mucho que no las veo y mi corazón se estremece pensando que en cada momento pueden caer en manos de los torturadores y violadores de la inquisición. Tenemos una casa en Loja donde estarían en seguridad. ¿Podría usted...?

—Es como si ya estuviera hecho. Aún tengo algunos agentes seguros en el Albaicín. ¿Qué más?

—No separar a los jenízaros. Quise ofrecerles puestos de mando y todos se negaron. Parece que están obligados por su pertenencia a una secta específica de los jenízaros, que se considera adicta al beato Alí.

—¡Entonces, son chiíes!

—Le hice esa misma pregunta a Khorush Alí. Me contestó de manera muy extraña: dijo «no exactamente». Como no dio más explicaciones, pensé que lo mejor sería no insistir en ello.

—Hiciste bien. ¡Concedido! ¿Cuál es tu tercer deseo? ¡Te lo concedo por adelantado!

—Majestad, le ruego se digne conservar mi espada durante mi ausencia. Es la hermana menor de la suya y se llama la Leona. No puedo llevarla conmigo, porque deberé atravesar los reinos de Castilla, Aragón y Navarra antes de alcanzar el de Francia. Su belleza me delataría a los nazarenos y no quiero que caiga en sus manos. Sé que estará en seguridad con usted, y puedo asegurarle que ella se sentirá orgullosa si usted le concede ese honor. Su única exigencia, si me permite interceder en su favor, es que se la purifique en agua clara tras haberla bañado en sangre impura.

—Veo que le atribuyes poderes sobrenaturales.

—Porque los tiene, Majestad. Es un ser vivo y valeroso. Su

hermosura y su ferocidad sólo son superadas por las de su hermana mayor, que usted posee.

—Puesto que ese es tu deseo, que así sea. Las dos hermanas estarán juntas hasta tu regreso. Espera: tengo una buena hoja de Toledo que te servirá fielmente por tierras nazarenas.

El rey saca una magnífica espada nazarena, envuelta en seda de color verde. Quiere que la lleve mientras esté separado de mi Leona. Deposita ésta al lado de su propia espada. Ambas Leonas tienen un resplandor maléfico: tienen sed. Lo hago notar al rey.

—Supongo que la tuya sólo admite sangre nazarena de alto rango.

—Mi Leona estará feliz y orgullosa de servir entre sus manos, Majestad, pero el linaje de los nazarenos le importa poco. ¡Ha bebido de todas las fuentes y se encuentra maravillosamente bien!

—Pues no la defraudaremos. Vuelve dentro de una hora: la carta estará redactada y podrás ponerte en camino.

Una hora más tarde, estoy disfrazado de sacerdote, con un gran sombrero negro. Mi corcel sería demasiado vistoso para este papel. Siendo así, he escogido una mula ensillada a la nazarena y me despido de mis oficiales y de Khorush, tras haberles anunciado que sus próximas campañas se harían bajo el mando del rey en persona. Parecen sorprendidos y un poco decepcionados de verme marchar en este traje nauseabundo, precisamente en el momento en que íbamos a iniciar la reconquista del reino de Granada, pero se fían de mí y no hacen ni preguntas ni comentarios. No les he dicho nada sobre mi misión. Voy a buscar la carta de Abenhumeya y le devuelvo la espada de Toledo, que no armoniza con mi traje de cura. El rey hace una mueca al verme vestido así, pero no dice nada. Le beso la mano y él me recomienda a Dios.

Al principio, algunos monfíes se apoderan de mi persona y quieren despellejarme vivo. Les hablo en granadino y digo que he servido durante años con Farax ben Farax. Me veo obligado a declarar ante ellos la profesión de fe: «No hay dioses sino Dios y Muhammad es Su Profeta». Eso basta y puedo reemprender camino.

Pasando por Córdoba, dejo atrás, sobre la izquierda, la ciudad palacio de los califas, Medina es-Sáhara, e inicio el ascenso de la ladera meridional de Sierra Morena. A partir de aquí, mi sotana me protege mejor que si fuera una coraza de acero. Al verme, los bandoleros sueltan algunas palabrotas para parecerse a lo que realmente son, pero se santiguan y me dejan pasar.

Franqueada la Sierra Morena, la Mancha extiende su dominio plano hasta el infinito. Me da la impresión de estar navegando sobre un océano cuajado.

Como medida de seguridad suplementaria, me incorporo a unos trajineros que transportan vino de Jerez. Van a Madrid. Entre ellos, pasaré totalmente desapercibido, pero esa ventaja tiene un inconveniente mayor: comen puerco salado y beben vino con exceso. Me veo obligado a compartir su sustento. Consigo dominar mi asco pero allí no terminan mis penas. Llega domingo y quieren que diga misa. Por si fuera poco, ¡algunos se quieren confesar! Les opongo todos los argumentos posibles, que no tengo hostias consagradas, que... pero nada. No quieren oír razón. ¿Eres cura? dicen, ¡pues di la misa y confiésanos! Que el Misericordioso me perdone, pero debo complacer a estos energúmenos antes de que a alguno se le antoje denunciarme a la inquisición. Y precisamente, hemos de pasar por Toledo.

Afortunadamente, conozco de memoria todas las fórmulas del rito nazareno. Confieso a esos imbéciles que me cuentan sus miserables borracheras y demás vicios carnales. Los absuelvo a todos, condenándoles a recitar diez *Pater noster* y cinco avemarías, y recomendándoles beber con moderación y ser un poco más fieles a sus esposas. Mi engañifa funciona bien, incluso demasiado bien porque, llegados a Madrid, no quieren que siga mi ruta. Han decidido entre ellos que yo sería el cura titular de su cofradía de trajineros. Me cuesta horrores convencerles de que he sido nombrado párroco de una parroquia de la diócesis de Bilbao, y que debo acudir a mis feligreses que me están esperando. Uno de los trajineros dice entonces que sabe de unos que van hacia el país vasco con un cargamento de libros. Éstos, dice, me protegerán de los peligros del camino a cambio de unas cuantas misas. Pregunto, con cara de preocupado, si se trata de libros píos porque, digo, de no ser así... ¡Ay de mí! Todos son libros de teología nazarena. No puedo negarme, y al día siguiente estoy cabalgando entre fanáticos que, esta vez, exigen oír misa todas las mañanas sin falta.

En las cercanías de Bilbao, me despido de mis tiránicos compañeros, esgrimiendo el pretexto de deber incorporarme a mi parroquia en Amorebieta. Para dar un principio de verosimilitud a mi pretexto, me veo obligado a coger el camino que sube hacia Amorebieta. En esta temporada, el sol se pone temprano; para no arriesgar más de lo necesario, dada la vital importancia de mi misión, paso la noche en una venta de buen aspecto.

Por la tarde del día siguiente, cruzo la Bidasoa. Por fin, estoy en el reino de Francia. No hablo ni vasco, ni gascón, ni tan siquiera francés, pero por fortuna aquí no falta gente que entiende y habla el castellano. Dos leguas más allá de

Hendaya, entro en una venta y pregunto si alguien conoce la casa Penuel de San Juan de Luz. Aquí todo el mundo la conoce. El ventero sabe leer y escribir; coge una hoja de papel y, con una pluma, dibuja un plano que me permitirá, por la mañana del día siguiente, dar sin dificultad con la casa de don Moisés Penuel. Llegado allí, sujeto mi mula a uno de los tres anillos de hierro fijados en el muro, al lado izquierdo de la entrada principal. La casa es de dimensiones modestas. Antaño me había parecido mucho más grande, pero también es verdad que yo era mucho más pequeño. Cuando llamo a la puerta, las campanas de San Juan de Luz empiezan a repicar. El Ángelus... finjo estar recitando el Ave María mientras una gordita abre la puerta y me mira, estupefacta:

—*Que désirez-vous, mon père?*
—Tengo un mensaje urgente para don Moisés Penuel. Dígale por favor que es de parte de Francisco el Partal.

Afortunadamente la mujer entiende mi respuesta. Me deja entrar en un salón escasamente amueblado. Sobre una mesilla, abiertamente expuesto, hay un candelabro de siete ramas. La inquisición no tiene el mismo poder al norte y al sur del Bidasoa. ¡Feliz país en el que la Tora no está obligada a ocultarse detrás de máscaras y melindres! Quizás sea lo mismo tratándose del santo Corán...

Moisés Penuel había entrado silenciosamente. No me había percatado de su presencia. Oigo su voz detrás de mí. Doy un sobresalto:

—¿Tiene usted un mensaje para mí?

Habla perfectamente nuestro granadino pero se ha expresado en castellano. Contesto en el mismo idioma:

—Vengo desde el reino de Granada sólo para verle, don Moisés. ¡Qué suerte que esté aquí!

—Es una suerte, sí, porque mañana me voy a Londres. ¿Cuál es el mensaje?

—¿Puedo hablar libremente?

—Aquí no hay más que usted y yo.

—¿No me reconoce? Soy Shams ben Fares, el hijo de Fares el tintorero de Granada.

—¿El pequeño Shams? ¡Cómo has cambiado! Has envejecido. Ahora te reconozco... La verdad es que tampoco me hago más joven con el paso de los años... Con que ¿te has hecho sacerdote?

—¡Oh, no! Sigo fiel a mi fe, como usted, don Moisés.

—Eso está bien, hijo mío. Tu fe no es la mía, pero por lo menos estás circuncidado. ¿Tienes realmente un mensaje para mí?

—Lo tengo aquí. Se lo envía el mismo rey de Granada.

—¿Me escribe Felipe, ese malandrín enemigo de Dios?

—¡No, no! Esta carta ha sido escrita por muley Muhammad Ibn Umeyya, rey de Granada.

—Con que ¿ahora tenéis dos reyes? Uno cristiano y el otro, supongo, que musulmán. ¡Os hace falta un tercer rey que sea judío!

—Tiene usted razón, don Moisés. Habrá que pensarlo muy seriamente. De momento, hay un estado de guerra cruenta entre los nazarenos de Felipe que nos invaden y los creyentes de Granada. Necesitamos su ayuda. Por favor, lea la carta de nuestro rey.

—Ni Aquel a quien no me atrevo a nombrar podría salvaros de los ejércitos de Felipe. Lo sabes. ¿Verdad que lo sabes? He oído hablar de vuestra rebelión. Felipe declaró ante su Consejo de Estado que seríais castigados a fuego y a sangre. No tenéis ninguna posibilidad de vencer por fuerza de armas. Hay otros medios de luchar contra la injusticia y la opresión, medios más sutiles y eficaces, pero hace falta tener la paciencia del judío.

—Don Moisés, tal vez tenga usted razón, pero mire lo que hemos conseguido: hemos reconstruido el antiguo reino de Granada. Recuerde que los judíos vivían en paz entre nosotros, cuando reinaban los Banu Nasr. Tenemos un ejército potente y nos beneficiamos de la ayuda del sultán Selim II. El imperio otomano nos envía jenízaros y armas desde Argel.

—Vivimos entre vosotros una paz relativa, hijo mío, sólo relativa. Pero no quiero detenerme en quisquillas, porque también es verdad que en tiempos de los Banu Nasr vivíamos mejor. Nosotros, los Penuel, servimos fielmente a los reyes de Granada a pesar de la inevitable derrota que les esperaba. Lo perdimos todo después de la rendición del Zogoibi a quien vosotros llamáis Muhammad Abu Abdallah. El 31 de marzo de 1492 es la fecha más nefasta para nosotros desde la destrucción del Segundo Templo.

—Y el 2 de enero de ese mismo año es la fecha más trágica en toda la historia de al-Ándalus. Se lo ruego, lea la carta de nuestro rey.

—Si no he contado mal, muley Muhammad Ibn Umeyya es el décimotercer rey de Granada con ese nombre. ¡Ja, ja, los cristianos creen que esa cifra es nefasta! Veamos... sí, es sorprendente. Muy sorprendente.

—¿Qué es lo que le sorprende, don Moisés?

—Tu rey no me pide oro. Eso se sale completamente de lo normal.

—No somos nazarenos avaros.

—Entiendo. Lo que queréis vale mucho más que el oro. Me estáis pidiendo no el producto sino las fuentes de mi riqueza. ¡Es mucho! ¿Qué me daréis a cambio?

—Nuestra sangre vertida en el campo de batalla.

—¿Y yo, qué haría con vuestra sangre? Los muertos no pagan deudas. Estamos luchando contra el mismo enemigo, eso sí es cierto, pero luchamos de manera no sólo diferente sino divergente. Vosotros musulmanes, tenéis la sangre caliente. No sabéis esperar, no tenéis paciencia.

—¡Estamos esperando desde hace setenta años!

—Y nosotros desde la destrucción del Segundo Templo. Han pasado mil quinientos años desde que empezara nuestra espera. No, hijo mío, lo que me propones a cambio de mi ayuda es vuestra ruina. En el pasado nos habéis despreciado e incluso perseguido... pero nos habéis dejado vivir entre vosotros. A veces fuisteis nuestros protectores y hubo una época durante la cual Sefarad y al-Ándalus caminaban juntos cual hermanos. Las letras y las ciencias fueron nuestro patrimonio común cuando los cristianos anidaban en su ignorancia. Quiero recordar eso antes que nada.

—¿Nos ayudará?

—Si, hijo mío, os ayudaré. No servirá de nada, creo que os traerá mala suerte, pero os ayudaré como vosotros ayudasteis a mis antepasados que también lo perdieron todo. Soy judío y creo en la ley del talión. Tengo mis agentes en todas las ciudades del reino de Granada. No te daré sus nombres. Ellos entrarán en contacto con vosotros, estéis donde estéis. Os mantendrán al tanto de todo cuanto se hace y se dice entre vuestros enemigos cristianos. Para lo que concierne a los demás reinos cristianos, puesto que tu rey lo menciona, sepa que ninguno acudirá a vuestra ayuda. Es cierto que España es su enemiga, no lo discuto, pero todos temen su poderío. Sin embargo, una cosa sí puedo hacer: mis agentes caen con regularidad en las garras de la inquisición. Sus bienes, que son mis bienes, son confiscados. Como compensación, pienso pedirle al rey de Francia, Enrique III, al que conozco bien, que haga secuestrar los navíos de la flota mercante y de la armada españolas. Los corsarios franceses son muy competentes y puedo ayudarlos de diversas maneras. Una parte del botín me correspondería a mí, para compensar mis pérdidas en España, pero los hombres que malviven y reman, encadenados en las galeras de Felipe, son casi todos musulmanes. Os serían devueltos. Serían combatientes tanto más feroces cuanto que tendrían razones muy serias para quererse vengar. ¿Qué te parece?

—Si pudiera hacer eso, don Moisés, se haría acreedor de nuestro eterno agradecimiento. Todos esos hombres que usted dice han sido condenados injustamente, y los corsarios franceses serían nuestros aliados indirectos, puesto que nosotros no disponemos de buques de guerra. ¿No es cierto que el rey de Francia mantiene relaciones cordiales con el sultán Selim II?

—Eso dicen, efectivamente.

—Una invasión de España...

—Abandona esa idea, hijo mío. Créeme, nadie está más ni mejor informado que yo. ¡Nadie! Pues bien, te digo que ningún monarca cristiano se atreverá a afrontar la ira del papa lanzándose en una aventura militar contra el rey católico con un aliado como ese.

—¿Pero la reina de Inglaterra?

—Elisabeth es una reina joven y muy inteligente, pero no dispone de fuerzas terrestres capaces de vencer la infantería de Felipe. Inglaterra no teme la Iglesia de Roma, pero es una isla cuyo poderío militar es exclusivamente naval. Cuanto dije acerca de los corsarios franceses es aplicable a los corsarios protestantes, sean éstos ingleses u holandeses. Haré lo necesario en ese sentido, pero no cuentes nunca con una invasión de España. Sería un tremendo error. La

España católica e inquisitorial será vencida, de eso no te quepa la menor duda, pero será vencida desde dentro, por la podredumbre de sus entrañas. Eso ocurrirá, pero tardará muchos años, quizás siglos. Yo no soy más que un eslabón de la cadena que poco a poco se está enrollando alrededor del cuello del opresor y lo estrangulará cual la bestia maligna que es. Yo no veré amanecer el día bendito en que eso ocurrirá, pero tengo la absoluta certeza de lo que estoy diciendo. Eso me basta: para mí, el tiempo no cuenta.

—El tiempo cuenta para nosotros, don Moisés.

—Lo sé. Esa es vuestra principal debilidad. Bien: mis agentes deben saber a quien dirigir sus partes. ¿Quieres que sea a ti?

—Me desplazo constantemente. Tengo mis propios agentes, pero están infiltrados por traidores a sueldo del nazareno.

—¿No dispones entonces de gente de tu confianza?

—Sí, los monfíes.

—¿Los salteadores de caminos?

—No son salteadores sino combatientes leales y valerosos. Nos hará falta una contraseña. Propongo el nombre del profeta Moisés. Quienes reconocerán la contraseña, digo, serán mis hombres de confianza, y éstos están por todas partes.

—¡Moisés! Al primer error, la inquisición estará alertada. No, hijo mío, Moisés ha sido echado fuera de España. Te propongo otro nombre más seguro, el de Santiago Matamoros. Esa será nuestra contraseña. Hasta nueva orden, vosotros deberéis contestar «En nombre del Padre, del Hijo y del Espíritu Santo». Los cristianos no podrán alarmarse al oír lo que todos dicen a diario. Ahora vete. Los soplones a sueldo de la inquisición pululan en San Juan de Luz. Les parecerá raro que un sacerdote español venga a visitarme y se quede tanto tiempo sólo para entregarme una carta. Haré correr el rumor que has venido para hacerme una importante oferta de oro a cambio de monedas de vellón para la diócesis de Valladolid.

—¡El mismo negocio que usted y mi padre...!

—Descuida, hijo mío, eso nadie lo recordará. En estos momentos, Valladolid carece de monedas de vellón. Esa versión de los hechos parecerá verosímil, porque esas transacciones son muy corrientes. Si te cogen, debes dar la misma versión; de ese modo, si hace falta, me será fácil hallar cristianos que confirmen tus alegaciones, incluso si Valladolid las desmiente. Podrán pensar que la diócesis de Valladolid desea guardar el secreto sobre esas transacciones con los odiados y despreciados judíos enemigos de su Dios, lo cual sería absolutamente cierto. Que el Dios verdadero te proteja. Diles a los tuyos que el judío no olvida y que os extiende la mano.

—Así lo haré, don Moisés. ¡*Shalom*!

—*Hātrak*, hijo mío.

Mientras libero mi mula, pienso en lo que acaba de decirme el judío. ¡La ley del talión! Ojo por ojo, diente por diente... ¡La ayuda de don Moisés Penuel sería pues una especie de venganza! Eso significa que él prevé que seremos echados de nuestra tierra, como sus antepasados lo fueron de la suya tras nuestra derrota. Me estremezco y me obligo a pensar en el regreso. Soy portador de buenas noticias y sólo el Misericordioso puede leer en el corazón de ese judío.

Haré como a la ida: los trajineros nazarenos serán mis protectores. Debo evitar los trajineros creyentes, porque los alguaciles los persiguen con controles, averiguaciones y multas. Lo mejor sería dar con transportistas de vino. Los alguaciles y los esbirros de la inquisición no sospechan nunca de un mulero que transporta vino, sobre todo si es un beodo. Deberé beber a la salud de su Dios hombre, de sus ídolos sangrientos y de su rey, pero el muy Clemente estará en mi pecho y me perdonará.

El cuarto negociante de vinos de San Sebastián al que pongo la pregunta me avisa que sus muleros salieron esa misma mañana con un cargamento de vino para el arzobispado de Toledo. Me indica su itinerario; puedo alcanzarlos si cabalgo durante toda la noche, porque ellos sólo viajan de día. El negociante me advierte que las montañas vascas están infestadas de bandoleros. No obstante, confío en mi sotana y salgo sin más tardar para alcanzar a mis bebidos feligreses. ¡Que les ardan las barbas!

# V

# ABENABOO

Afortunadamente para mí, en el país vasco las cofradías de trajinantes tienen otro concepto de sus deberes religiosos. Los domingos oyen misa en los pueblos que hallan en camino y me dejan en paz. Debo pagar mi comida, por lo que puedo elegir lo que como. Esos borrachos hablan el idioma vasco entre ellos, lo cual me dispensa de participar en sus conversaciones. Éstas no parecen destacar por su refinamiento. Llego a Toledo sin dificultad alguna. Allí, me pongo a buscar, por última vez, un tren de mulas saliendo rumbo al sur. No conviene arriesgarse solo por Sierra Morena, donde lo más habitual es topar con algún bandolero bien armado y mal intencionado. No encuentro trajineros, ni de vinos ni de libros píos, con destino al sur. Los trajineros de vino de Jerez se vuelven a casa, y me veo obligado a acompañarlos pese a que vayan sin carga de mercancía. Todo el mundo sabe que el mulero con mula pero sin carga tiene la bolsa llena, porque acaba de vender su mercancía. Me tranquiliza un poco el hecho de que éstos van muy bien armados. Supongo que sabrán defenderse…

Mis nuevos compañeros hablan castellano y practican los ritos nazarenos con un entusiasmo atroz. Apenas si me dan un respiro entre misas, y eso no sería nada si no fuera porque se han metido en la cabeza que, puesto que disponen de un sacerdote, también han de disponer de un coro. Cantan siempre lo mismo, compuesto por mi buen amigo sevillano don Francisco Guerrero, lo cual estaría de lo más lindo si no fuera porque no desearía ni al más sanguinario de los inquisidores tener que escuchar, día tras día, del amanecer hasta el atardecer, esta gente estropeando la buena música con voces rajadas y abominablemente desafinadas. Intento corregirlos, pero todos se creen el mismísimo Ziryab y se enfadan. Lo único bueno de esa situación es que, al oír ese desastre, los bandoleros no tendrán más remedio que huir a toda mecha. Lo demuestra el hecho de que no vemos ni rastro de un salteador de caminos. Me pregunto si no acabo de descubrir el arma que nos permitirá derrotar los ejércitos de Felipe. Tendré que sugerirlo al rey mi señor, Abenhumeya. Entretanto, el descenso por la vertiente meridional de Sierra Morena pone fin a mis angustias y mis sufrimientos. Doy un abrazo fraterno a cada uno de mis beodos beatos y nos separamos. Ellos bajan rumbo al poniente del valle del Guadalquivir, mientras yo me dirijo río arriba hacia Córdoba.

En los pueblos no se habla más que de las hazañas del rey de Granada y de Córdoba. Los nazarenos creen que Abenhumeya está por todas partes y que su ejército es invencible. Algunos cuentan que el rey de los «moriscos» es un gigante horroroso que se zampa a los niños nazarenos.

La verdad es que las cosas han cambiado durante mi ausencia. En camino, hablo con desertores nazarenos. Aseguran que el Gran Turco está a punto de desembarcar y que será inútil resistir. Estoy impaciente por saber lo que de verdad está ocurriendo; creo que los desertores exageran para justificar su cobardía. Algunos se jactan de haber sido presos comunes condenados a penas largas y luego puestos en libertad para luchar contra «los rebeldes alpujarreños». Mal asunto: si el nazareno saca reclutas del fondo de sus cárceles, el siguiente paso consistirá en traer los tercios de Nápoles y de Flandes.

Ya no tengo la carta de Abenhumeya para explicar y justificar mi disfraz. Debo mudar traje porque, al sur de Córdoba, la campana ha sido sustituida por el almuédano. Los alminares son cada vez más numerosos y el nazareno se muestra cada vez menos. Me reciben bastante mal en un pueblo de pastores, pero una viejita accede a mi ruego y me vende un traje que perteneció a su hijo, un creyente caído al iniciarse la guerra. Le pregunto: «¿Con quién estuvo tu hijo?»; y me contesta: «Con Shams ben Fares al-Gharnāti». Quiero saber más: «¿Dónde fue eso?» Y ella dice: «En la ciudad de Granada». ¡Acabo de comprar la ropa de uno de mis compañeros caídos en el desastre del Albaicín! Espero que no se trate de un presagio. Me parece prudente no revelar mi verdadera identidad; esta vieja podría creer que miento y alertar a algún soplón de los que infestan nuestra tierra. Le recomiendo quemar mi sotana, pero veo que la dobla con cuidado y que la deposita en su arcón. Por estas partes, la gente no puede permitirse el lujo de tirar cosas, y menos una prenda si está en buen estado.

Antes de reincorporarme al ejército, quisiera pasar por Loja. Si Abenhumeya cumplió con su palabra, Elvira me espera allí con Arrusa y mi pequeña Leila. Pensándolo bien, me doy cuenta de que no puedo tomar ese riesgo; ya no tengo sotana y Loja está en manos de los nazarenos así como todo el territorio que se extiende entre Granada y la frontera con Portugal. Quizás el rey las ha traído al valle de Lecrín. Recuerdo que había mencionado esa posibilidad. La esperanza me acompaña mientras sigo hacia el sureste. Durante esas horas, imagino Elvira y yo, acoplados y complicando las posturas de manera cada vez más extravagante. Han pasado tres meses desde que... Al anochecer, sueño que las primeras estrellas son pecas de mi adorada nazarena y que la noche que me envuelve es la cabellera de mi princesa Leila. Siento que brotan lágrimas y que Arrusa las enjuga con sus mejillas. No es digno de un teniente general, lo sé, pero el único testigo de la escena creó Él mismo mis sentimientos más íntimos.

Amanece la luna: borra las estrellas y hace resaltar la cima nevada de Mulhacén con pálido resplandor. Estoy inmerso en lejanos recuerdos cuando, de pronto, un ruido muy tenue me avisa... demasiado tarde: casi en el mismo instante, estoy rodeado de hombres silenciosos. Uno coge la rienda de mi caballo; otro salta en grupa y apoya una daga en mi espalda. Son creyentes. Pronuncio las palabras rituales: ¡Dios es el más grande! No contestan.

Seguimos un sendero que se insinúa entre las rocas: mis raptores han abandonado el camino del valle de Lecrín. Creo prudente seguir su ejemplo: guardo silencio. Me hacen bajar de caballo delante de una caverna. En su interior, veo relucir algunas lámparas de aceite.

Ahora me encuentro delante de un desconocido rodeado de hombres que me miran fijamente. Supongo que se trata de un destacamento de monfíes. Tomo la iniciativa en nuestro idioma:

—¿Quién eres?

—¡Te corresponde a ti contestar a esa pregunta!

—Soy Shams ben Fares al-Gharnāti, teniente general de

los ejércitos de muley Muhammad Ibn Umeyya, rey de Granada y de Córdoba. Ahora dime: ¿me invitas o me apresas?

—Shams ben Fares. Sí, he oído hablar de ti. Yo me llamo Abdallah Ibn Aboo. Los nazarenos me llaman Diego López, pero se me conoce como Abenaboo y así me puedes llamar tú. Sé también que fuiste monfí bajo las órdenes de Farax ben Farax. Yo mismo soy jefe de monfíes y este es mi territorio. ¿De dónde vienes y adónde vas?

—Este territorio, amigo Abenaboo, no es tuyo sino del rey de Granada, mi señor, de quien todos somos los súbditos.

—Yo no soy súbdito de nadie. ¿Contestarás a mi pregunta?

—Contestaré a tus preguntas si me tratas como a un amigo y no como un preso sometido a interrogatorio.

—¡Por ser hombre solo y desarmado, no careces de arrogancia! Me gustas, Shams ben Fares, acércate y siéntate a mi lado. Cuéntanos tu historia como a unos amigos de siempre. Decidiré después si hemos de cortarte la cabeza.

—Te equivocas, amigo Abenaboo: no estoy ni solo ni desarmado. Quince mil de los mejores combatientes de al-Ándalus están bajo mis órdenes, de los que tres mil arcabuceros han recibido la enseñanza y el entrenamiento de los jenízaros del sultán Selim II. ¿Te parece suficiente para dejar mi cabeza donde está?

—Veremos. De momento, no veo más que tú. Mis amigos son todos individuos, no ejércitos entrenados por los jenízaros de Selim II. Ven y siéntate. Ahora contesta: ¿de dónde vienes y adónde vas?

—Mi respuesta no puede dirigirse más que a ti, con la condición de que te comprometas bajo juramento ante Dios de no revelarla a nadie.

Abenaboo hizo una señal para que sus compinches nos dejaran solos. Esperé un momento y me acerqué a la entrada de la caverna para asegurarme de que nadie estaba al acecho:

—Vuelvo de Francia, e iba a dar cuenta de mi misión a nuestro rey.

—A tu rey. ¿En qué consistía esa misión?

—Una propuesta de alianza con la reina de Inglaterra y el rey de Francia contra Felipe.

—¿Y tu propuesta ha sido aceptada?

—Sí.

—¿En qué términos? ¿Van a invadir España?

—No. Inglaterra tiene una armada fuerte pero carece de tropas. Los corsarios ingleses y franceses atacarán las galeras de Felipe para abrir el acceso a nuestras costas y dar libertad a los creyentes que reman como esclavos de los nazarenos. Dicen que un buen combatiente debe odiar a su enemigo; si es cierto, nuestros mejores combatientes serán los creyentes liberados por los corsarios.

—Si de ellos queda algo. ¿Eso es todo?

—No. Gracias a unos amigos franceses, ahora dispongo de una red de espías que se extiende por toda Europa. Nada ni nadie se mueve en Madrid y Granada sin que yo esté avisado con tiempo suficiente para reaccionar como conviene a los intereses de nuestro rey.

—¿Sabes lo que está haciendo el marqués de Mondéjar en estos momentos?

—¿Quizás me lo dirás tú, si es que lo sabes?

—¿Cómo tomas contacto con tus espías? ¿Saben cómo encontrarte en caso de peligro?

—No me corresponde contestar a esa pregunta, incluso a un amigo.

—Por lo tanto, eres fiel a tu rey. ¿Me serías fiel si fuera rey de Granada?

—Si fueras rey legítimo de Granada, dispondrías de mi vida.

—Ya dispongo de tu vida.

—No dispones de mi voluntad. Si decides matarme, te comportarás como un vulgar asesino. ¡Eso es poca cosa, amigo Abenaboo! Un rey puede levantar el entusiasmo de todo un pueblo, cada cual lo ve como el reflejo de sí mismo en un espejo. El rey encarna la voluntad y la esperanza de sus súbditos. Nuestra esperanza y nuestra voluntad es liberar el reino de Granada de la tiranía nazarena. Esa es la razón por la que yo daría mi vida por nuestro rey sin vacilar: encarna nuestro pueblo, su manto purpúreo encarna mi libertad y la tuya.

—Yo soy libre.

—No seremos libres mientras haya un solo nazareno armado en nuestras tierras.

—Para combatir hacen falta combatientes, no reyes.

—¿Quién uniría nuestras fuerzas? ¡Acuérdate de los Banu Nasr! Muhammad XII el Bravo y el Zogoibi fueron vencidos por las facciones y la guerra civil, no por los nazarenos. La lealtad y la fidelidad no son sólo sentimientos, son también las mejores armas del combatiente. Si no ganamos esta guerra, seremos exterminados todos. ¡Todos sin excepción! El tiempo de los monfíes ha pasado. Ahora somos los soldados de un reino comprometido en una guerra sin cuartel. Ya nadie puede sustraerse a esa fatalidad.

—¿Fatalidad, dices?

—Realidad, si prefieres.

—¡Hablas mejor que un maestro forense, Shams ben Fares! La realidad es la de cada cual. La mía es que me caes bien y que, de momento, no te cortaré la cabeza. Puedes ir adonde te plazca, pero si algún día ves que los papeles se han invertido, recuerda que te he perdonado la vida. Entonces me podrás interrogar, y te contestaré como acabas de hacerlo.

—Lo recordaré y te interrogaré. Mientras tanto, piensa que las fuerzas de nuestro rey pueden multiplicar las tuyas por cien si piensas seguir libre. Si tal es tu decisión, entonces podrás contar con mi amistad.

—¿Y si no?

—Si no, recordaré que estoy en deuda contigo. Que la paz esté sobre tus manos, Abenaboo.

—Shams ben Fares, si buscas a Abenhumeya, lo encontrarás en los montes de Berchules. Ve en paz.

¿Por qué intenta engañarme? Sabe tan bien como yo que el rey se halla cerca de aquí. ¡Abenaboo! Ese nombre irrumpe cual un presagio indescifrable e inquietante. Quisiera resucitar mis sueños amorosos pero se han desvanecido. El alba empieza a colorear las cimas cuando mi mula endereza las orejas. Los guardias de vigilia son mis propios hombres; les doy la orden de permanecer en sus puestos y sigo adelante. Es hora de la primera plegaria.

Abenhumeya está de humor sombrío. Su primer gesto es devolverme mi Leona. Su hoja, dice, ha segado las vidas de veintitrés nazarenos y ha sido purificada en aguas de Sierra Nevada; por lo tanto, está satisfecha e inmaculada. Le doy cuenta de mi misión. Las buenas nuevas que traigo no consiguen disipar el cansancio que le envejece los rasgos. No me atrevo aún a pedirle nuevas de Elvira. Espero que se digne ponerme al tanto de los últimos acontecimientos. La verdad es que la situación no es muy alentadora, a pesar de que la suerte nos haya favorecido más de lo esperado. Los nazarenos no se atreven a salir de sus plazas fuertes si no es bajo fuerte escolta, pero nosotros no podemos renovar ni relevar nuestros combatientes. Nos faltan víveres y municiones. Nuestras peticiones de ayuda se multiplican en dirección de Argel, pero Uluch Alí no contesta; sea porque nuestros mensajeros no alcanzan su destino, o sea porque los turcos hacen oídos sordos. Lo peor es que los ancianos, los niños y las mujeres no combatientes abandonan las ciudades y los pueblos y nos desbordan. No podemos rechazarlos: en el mercado de esclavos de Granada, nuestras madres, nuestras esposas y nuestras hijas traen cada una veinte ducados a sus vendedores quienes, antes de cederlas, las deshonran. Las más hermosas hacen subir las pujas hasta sesenta ducados y más. Los niños y los ancianos van siendo degollados porque el rey Felipe ha prohibido su venta. Llegado a este punto, no aguanto más:

—Majestad... ¿tiene alguna noticia de mi esposa Elvira?

—Ella misma te contará su aventura. Tu madre Fatma y tu hija están en Loja. ¿Ese era tu deseo, no es así? Se hacen pasar por nazarenas, y pienso como tú que están más seguras entre los nazarenos de Loja que aquí con nosotros. Según tengo entendido, tu esposa es nazarena.

—Sí, Majestad, pero se convirtió a nuestra fe antes de casarnos.

—Tu mujer es sorprendente, Shams. Se ha puesto a la cabeza de una compañía de monfíes más feroces que las panteras de África. Puedes ir a reunirte con ella, si lo deseas.

—Lo deseo con toda mi alma, Majestad, pero me ha entregado usted el mando de un cuerpo de ejército con el que aún no he combatido. Bajo las condiciones que acaba de describir, me debo primero a mis hombres. ¿Sabe dónde está Elvira, Majestad?

—Tu mujer, Shams, está por todas partes. En estos momentos, diría que está en alguna gruta de la Sierra Nevada. Para lo concerniente a tus hombres, nuestras victorias han sido terriblemente costosas. Además, estamos infiltrados por traidores que informan a los nazarenos, mientras nosotros estamos muy poco o mal informados sobre los proyectos del marqués de Mondéjar. Sus tropas no son disciplinadas pero son numerosas. Los nazarenos vacían sus cárceles y lanzan contra nosotros la peor canalla del mundo. No reciben paga, pero se enriquecen con el pillaje y sobre todo con la venta de nuestras mujeres.

—Topé con desertores nazarenos cerca de Córdoba.

—Cada vez hay menos mujeres. Digo de las nuestras. Muchas se hacen combatientes o prefieren quitarse la vida antes que ser las putas de los devoradores de puerco y de sus curas. Si los nazarenos desertan, no es a causa de nuestras victorias sino porque no tienen posibilidades de acumular más riquezas a nuestra expensa.

—¿Y los turcos?

—Los turcos están en la mano de Dios. Su valor en combate se aparenta a la locura. De vez en cuando vienen otros, todos ellos voluntarios. Los incorporo en la compañía de Khorush Alí.

—¿Cómo se dice en turco?

—¿*Ketkhüdāyeri*?

—Eso. No consigo recordar la palabra. ¿Está aquí Khorush en estos momentos?

—Se está reponiendo de una herida. Una bala de arcabuz le quitó un ojo y parte de la mejilla. Está con otros heridos en una caverna cercana.

—¿Y mis oficiales?

—¿Quieres decir los que te acompañaron a Sorbas? Sólo quedan dos.

—Majestad, ¿conoce usted a un monfí llamado Abenaboo?

—¿Por qué me lo preguntas?

—Di con él la noche pasada.

—Abdallah Ibn Aboo. Sí, le conozco. ¿Cómo ocurrió el encuentro?

—Sus hombres me capturaron a poco más de una hora de aquí. Me retuvo un momento, luego me dejó en libertad.

—¿No lo conocías de antes?

—No, Majestad, pero él sí sabía quién era yo.

—¿Habéis hablado de mí?

—Eso es lo que me preocupa. Pareció reticente.

—Ha jurado asesinarme.

—¿Es posible?

—Amaba a una mujer que me prefirió. Su amor por ella se ha cambiado en el odio que me tiene desde hace muchos años. Sólo es una cuestión de amor propio, la mujer no merecía la pena. ¿Qué me aconsejas?

—¡Debe eliminarlo! La unidad de nuestra gente depende de ello. No debemos volver a cometer los errores de los Banu Nasr y resucitar las facciones. Granada fue vencida por los Banu Serraj y los Banu Zegri. Fernando e Isabel no hicieron más que cosechar los frutos de nuestras discordias.

—Dices la verdad. Abenaboo pertenece al linaje de los Banu Serraj. ¿Lo harías por mí? ¿Lo eliminarías?

—He contraído una deuda con él, Majestad. Iba a cortarme la cabeza. Tiene mi palabra: si algún día se invierten los papeles, deberé perdonarle la vida como él perdonó la mía. Si lo mato, me convertiré en un traidor indigno de su confianza.

—A pesar de ello, me aconsejas matarlo.

—Por el bien del reino.

—Lo que está por debajo de la dignidad de un súbdito, lo está mil veces más para su soberano. Que viva pues y que se vaya al infierno.

El argumento es cuanto menos equívoco. El rey no le debe nada a Abenaboo. Para paliar el peligro, me ofrezco para intentar convencer a Abenaboo y a sus hombres: si se adhieren a nuestra causa, no me parece posible que Abenaboo intente asesinar al rey. Abenhumeya acepta mis argumentos; incluso accede a un encuentro para sellar la reconciliación.

Hago ensillar mi caballo y salgo inmediatamente. A la meridiana, los guardias taciturnos me escoltan otra vez más ante su jefe. Al principio, Abenaboo opone resistencia, pero consigo convencerle de que el rey no le guarda rencor por rencillas pasadas y que, de todos modos, el tiempo de las venganzas vendrá una vez terminada la guerra. Finalmente, Abenaboo propone un encuentro en una casa que le pertenece en el camino de Mecina de Bombarón; un verdadero nido de águila rodeado de cavernas y que a veces le sirve de refugio. El encuentro tendrá lugar el día siguiente, al anochecer. Convenimos que nuestras respectivas escoltas no deberán pasar de veinte hombres armados.

Regreso para darle cuenta al rey de mi embajada. Abenhumeya decide ir acompañado por su tío Hernando al-Sauuer, por mí y sólo cinco hombres de escolta, como muestra de confianza y señal de buena voluntad.

Al anochecer del día siguiente, llegamos puntualmente al lugar convenido. A cierta distancia de la casa, le pido al rey y a sus acompañantes que esperen en un hueco, entre las rocas, hasta que yo me haya cerciorado de que no se trata de una trampa. Sigo a pie.

Hay allí un caserón de dos plantas. Doy la vuelta sin hallar guardia alguna. Miro por la única ventana de la que emana luz: en el interior, hay diecisiete hombres, entro los que reconozco a Abenaboo. Del lado del monte, la casa tiene varias ventanas altas que dan sobre un sendero. Desde donde estoy situado, puedo escuchar las conversaciones: aquí no hay traición ni conjura; por lo tanto voy a buscar al rey. Atamos los caballos a unos pinos que hay a cierta distancia de la casa de tal manera que no son visibles desde arriba.

Llamamos a la puerta principal. Es una obra monumental de dos hojas de encina, cada una con su badajo de bronce en forma de cabeza de león. Al principio, la acogida de nuestros anfitriones es algo fría, pero Abenhumeya se muestra atento y afable. Al cabo de unas horas, el ambiente es de lo más amistoso, tanto más cuanto que una suculenta comida nos ha sido servida por hermosas y discretas mujeres. Como la casa es grande, hay sitio para todos y Abenaboo nos propone pasar allí la noche. Hartos de comida, además de cansados, aceptamos su oferta con alivio y agradecimiento.

Me despierta un estruendo aterrador. Alguien está abatiendo la puerta principal a hachazos. Corro a la ventana, justo a tiempo para ver al tío del rey, desnudo, saltar desde la segunda planta, seguido por dos de los nuestros. A toda prisa, me pongo la camisa, recojo la Leona y salgo corriendo hacia los aposentos del rey, que dormía tan profundamente que no se había dado cuenta de nada. Se levanta, se pone su vestido de seda y coge su espada, mostrando la serenidad y compostura de todo un rey. Lo llevo a la ventana para intentar seguir el ejemplo de al-Sauuer, pero la casa está ya cercada. Busco a Abenaboo sin encontrarlo. Los que no han podido escapar por las ventanas intentan ocultarse en la primera planta. Abenhumeya y yo convenimos que lo mejor es bajar y morir como hombres libres, las armas en la mano.

La planta inferior está sumida en tinieblas. Entonces me

acuerdo de que las hojas de la puerta principal se abren hacia dentro. Le propongo al rey colocarse, espalda a la pared, al lado de una de las hojas mientras yo levanto la pesante barra que la mantiene cerrada. Los nazarenos intentan abatir la puerta con un madero a guisa de ariete, ya que sus hachas no pueden con la dureza de la encina. No consigo entender por qué se dan tanto trabajo en lugar de pasar por una de las ventanas, ya que éstas no tienen rejas. Bendigo su torpeza mientras levanto la barra. Lo hago en el momento preciso en que su ariete choca con la puerta. Doy un salto hacia atrás, contra la pared, aprovechando la otra hoja de la puerta. No me había equivocado: llevados por su impulso, los nazarenos entran en tromba, creyendo que el madero ha hecho ceder la cerradura. Abenhumeya y yo quedamos ocultos, cada uno detrás de una hoja de la puerta. La Leona se estremece en mi mano. Tiene sed: el primer nazareno que descubra nuestro escondrijo será su abrevadero.

Entre los nazarenos, hay uno cuya voz no me es desconocida. Se dirige al jefe de la pandilla por su nombre de pila: don Gaspar. Yo conozco bien a ese Gaspar: se trata de un cazador de esclavas, de la peor calaña, apellidado Maldonado. De pronto identifico la voz: es la de un allegado de Abenhumeya llamado Miguel Abençava. ¡Un maldito traidor!

Maldonado hace que se enciendan las lámparas y se registre la casa de arriba abajo. Abenaboo, sus hombres, dos de los nuestros y las mujeres que nos habían servido la cena son hallados y agrupados delante de la entrada. Maldonado pregunta a cada uno si ha visto a Abenhumeya. Como nadie contesta, manda desnudar a Abenaboo y que lo lleven a una morera que hay a poca distancia de donde me oculto. Desde su lado de la puerta, Abenhumeya no puede ver lo que pasa.

Atan los testículos de Abenaboo a una rama de la morera, obligándole a mantenerse sobre la punta de los pies. Entonces Maldonado repite la pregunta: ¿Dónde está Abenhumeya? Pese a lo humillante y grotesco de su situación, Abenaboo contesta con altivez que tiene un salvoconducto firmado por el presidente de la chancillería, don Pedro de Deza en persona, y que este ultraje recibirá su debido castigo. Esa noble respuesta provoca la ira del nazareno: asesta un golpe violento a la cabeza de Abenaboo, que cae a tierra abandonando a la rama su miserable y sangrante trofeo.

Maldonado y su pandilla se marchan con sus cautivos, dejando a Abenaboo por muerto al pie de su morera. Abenhumeya y yo lo transportamos al interior de la casa. El rey está muy afectado e insiste en curarlo y cuidarlo personalmente. Tiene para su antiguo enemigo la solícita delicadeza de una madre.

La hemorragia es abundante. Me pregunto cómo el pobre hombre puede sobrevivir a esa tremenda prueba, guardando además una serenidad casi absoluta. Abenaboo demuestra en cada momento un total desprecio hacia su propio infortunio. Debe sufrir tanto sino más que un alma condenada al fuego eterno, pero incluso así, su orgullo demuestra ser el más fuerte. Abenhumeya tiene dotes de médico, pues la hemorragia cesa y la herida es hábilmente vendada con tiras recortadas en una sábana de lino.

Voy a buscar los caballos, notando que faltan tres de los cinco que hubo: los del tío de Abenhumeya y de los dos hombres que consiguieron escapar con él.

Evidentemente, Abenaboo no puede caminar y menos montar a caballo. Con dos picas de infante y una manta, le confeccionamos una litera y la atamos a las sillas de nuestros caballos colocados al lado uno de otro. Afortunadamente, a pesar de que estamos en el monte, no hay camino tan estrecho que ambos caballos no puedan pasar de frente. Así, lentamente, nos volvemos a la guarida.

# VI

# EL BASTARDO

Estábamos a primeros de marzo de 1569. Abenaboo se reponía rápidamente porque, afortunadamente para él, su herida no se había infectado. El rey se preocupaba constantemente por su salud y acudía regularmente para verle en la gruta de los heridos. Abenhumeya le estaba sinceramente agradecido por haber sufrido tan terrible mutilación cuando pudo haberse salvado delatándole. Ahora confiaba en él de manera absoluta.

Había que retomar la iniciativa, pues se multiplicaban las deserciones. El frío y las privaciones habían causado numerosas bajas entre niños y ancianos. Los más valientes empezaban a flaquear ante los sufrimientos de sus familiares, algunos incluso se ponían al servicio del nazareno como soplones, a cambio de salvoconductos que ni tan siquiera representaban una amnistía.

Por su lado, los judíos cumplían puntualmente con su palabra. Yo recibía sus informes con regularidad, y éstos demostraban siempre ser conformes a la verdad. Los agentes con los que tenía contactos directos eran todos nazarenos, o aparentaban serlo, lo cual no dejaba de sorprenderme. Se trataba quizás de *anussim*, pues se sabe que son más listos que el zorro. Algunos eran naturales de Portugal, pero conocían el terreno y sus gentes mejor que nadie. El sistema funcionaba admirablemente. Los espías de Moisés Penuel iban diciendo «Santiago Matamoros», y alguno de mis hombres no tardaba en acercárseles, dando la respuesta convenida: «En el nombre del Padre, del Hijo y del Espíritu Santo». Luego, me los traía allí donde estaba. Eso no despertaba sospechas, porque los nazarenos invocaban constantemente a Santiago; incluso decían «dar Santiago» queriendo decir «exterminar creyentes». Lo que yo más temía era que hubiera algún traidor entre mis propios agentes; por lo que había dado la orden, bajo pena de muerte, que se me trajera a los agentes judíos esté donde esté. Aparte del rey Abenhumeya, de Abenaboo y de mí, ningún creyente sabía lo que eso significaba. Por lo menos eso esperaba yo.

Por fin se presentó la ocasión de actuar. La noticia llegó de Granada: un capitán nazareno, llamado Bernardino de Villalta, tenía fincas cerca de Uad al-Aix, que los nazarenos llaman Guadix, una ciudad cercana a Galera en la región nordeste del reino. Ese capitán deseaba asegurar sus propios intereses y, si fuera posible, capturar algunas mujeres creyentes para lucrarse con ellas en el mercado de esclavas, pero no disponía de hombres suficientes. Había pues imaginado un estratagema para obtener todo cuanto le hacía falta. Fue a la chancillería y dijo que uno de sus espías aseguraba poder apresar y entregarle Abenhumeya con la soga al cuello. Villalta había declarado que nuestro rey se ocultaba en las cercanías de Uad al-Aix. La mentira era descomunal, pues Abenhumeya había dispersado la mayor parte de nuestros combatientes, a la espera de disponer de armas y de víveres para poder seguir luchando. Se encontraba conmigo y algunos fieles en las cavernas más altas de Sierra Nevada. Pese a todo, Pedro de Deza tuvo a bien creer lo que le contaba Villalta, y le entregó el mando de tres compañías de arcabuceros y veinte jinetes. Esos efectivos debían reunirse con Villalta, cerca de Uad al-Aix, en un lugar llamado Alcudia. La fecha fijada entre ellos era el 28 de febrero.

No lejos de Alcudia, el pueblo llamado Laroles está poblado de creyentes provistos de salvoconductos firmados y sellados por el marqués de Mondéjar. Se trata mayormente de mujeres y de niños arrastrados por el hambre y el frío.

Villalta acaba de abandonar Alcudia y se dirige hacia Laroles. Sus intenciones son desgraciadamente evidentes. No dispongo más que de un puñado de fieles que aguantan a nuestro lado a pesar de la penuria que nos azota. Consigo reunir cincuenta hombres armados de ballestas y de hondas, pues no queda pólvora para nuestros arcabuces. Debemos movernos con rapidez, porque entre Alcudia y Laroles hay un desfiladero perfectamente situado para una emboscada. Vamos a pie, porque el puerto de Ravaha es demasiado escarpado para nuestros caballos.

Cuando llegamos, el sol se ha puesto desde hace tiempo. Vemos, rasgando la oscuridad, las llamas de Laroles incendiada. Hemos llegado tarde: como todos los cazadores de esclavas, Villalta está degollando a los niños y a los ancianos. Nuestras mujeres siguen con vida para una suerte aún peor.

Como Villalta debe volver a pasar por el puerto de Ravaha, le preparamos una trampa. Al alba del 2 de marzo, vemos que se están encendiendo decenas de fogatas alrededor de Laroles. ¡Eso significa que algunos pudieron escapar de la masacre y que hacen señales para avisar a los demás pueblos!

La reacción es tan rápida que incluso a mí me sorprende: cerca de un centenar de honderos tienen la misma idea que nosotros: tender una trampa al nazareno en el puerto de Ravaha. Oculto mis hombres y los recién llegados honderos por encima del camino con la orden estricta de no moverse hasta que yo dé la señal. Sé que en casos como éste, los cazadores de esclavas se escudan siempre detrás de nuestras mujeres. No tenemos más remedio pues que dejar pasar la vanguardia de Villalta y atacar por la espalda.

Estamos a tiempo: precedidas por un solo jinete, las primeras mujeres están llegando, con las muñecas atadas a una larga cuerda. Ese desfile lastimoso dura bastante tiempo. ¡Por fin, llegan Villalta y sus jinetes! Los dejamos pasar, así como la mitad de los arcabuceros: entonces es cuando doy la señal.

Nuestro ataque es tan violento y repentino que a los arcabuceros nazarenos no les da tiempo a reaccionar. Mi Leona bebe con avidez mientras Villalba y sus jinetes vuelven hacia nosotros, echando a un lado los arcabuceros que intentan formarse en batería. Desde ese momento, la confusión es total. Peleamos cuerpo a cuerpo, levantando una polvareda asfixiante. Diez nazarenos yacen, la garganta abierta por mi Leona. Estoy a punto de rematar al undécimo cuando un jinete se lanza contra mí; la cabeza de mi nazareno aún no ha tocado suelo que ya estoy sobre el jinete. Consigo desarzonarlo y reconozco a Villalta. No me da tiempo enviarlo al infierno; ya estoy rodeado de nazarenos, acudidos para intentar salvar a su capitán. Mi Leona se abre paso y consigo alcanzar el amparo de las rocas. Los nazarenos baten la retirada hacia Alcudia con nuestras mujeres. Quiero perseguirlos pero me doy cuenta de que sólo me queda una veintena de hombres. Impulsados por la furia de ver como trataban a sus mujeres, los honderos se precipitaban sobre las espadas nazarenas para rasgar a esos violadores con manos desnudas. Doy la orden de rematar a los heridos nazarenos: al final, contamos ciento cuarenta y tres cadáveres nazarenos. Sesenta y ocho de los nuestros sacrificaron sus vidas. Tenemos cincuenta y seis heridos, de los que ocho son compañeros míos. Uno de los míos tiene el pecho destrozado por una bala de arcabuz. Me suplica que le remate, pero no quiero ensuciar su sangre con la de estos devoradores de puerco; mi Leona está manchada y no dispongo de agua para purificarla. Mi compañero me pide, en el nombre del Misericordioso, que coja el agua de su cantimplora y que me dé prisa.

Trasladamos nuestros heridos a un lugar resguardado y les prometemos que avisaremos a los del pueblo más cercano, tras lo cual volvemos a nuestra base. Este día 2 de marzo de 1569 habrá significado un cambio de situación dramático: la noticia de este ultraje inmundo se propaga a lo largo y ancho del reino. El marqués de Mondéjar no se toma el trabajo de castigar a Villalta por haber violado sus salvoconductos, porque también él se aprovecha de la venta de nuestras mujeres. Ya no tenemos por qué temer deserciones, sino todo lo contrario: Abenhumeya puede reconstituir su ejército porque hombres y mujeres acuden de todas partes para luchar bajo su estandarte. Entre éstas últimas, hay una que destaca por su fiereza y el resplandor de su cabellera: ¡se llama Elvira! Llegó por la tarde del 5 de marzo: la noche será larga, porque tengo la firme intención de contar sus pecas. En mis brazos, la pantera pelirroja me abre las puertas de un paraíso que no me atrevía a imaginar en mis sueños más ocultos. El pico de Mulhacén empieza a iluminarse cuando escucho mi princesa nazarena susurrando con ternura que ya ha degollado a cincuenta devoradores de puerco con sus propias manos. Miro sus manos: son ligeramente rollizas, con dedos largos y finos. Su blancor encendido e incandescente las destinaba a la poesía, a la música y al amor. Cincuenta adoradores de la muerte... me cuesta creerlo aún a sabiendas de que mi Elvira es incapaz de mentir. Las manos expertas de Elvira anulan mi cansancio. Olvido a los cincuenta nazarenos difuntos; sólo perdura y me atormenta la terrible imagen de Abenaboo bajo su morera.

A los pocos días, los agentes del judío Penuel traen dos malas noticias: el rey nazareno está fuera de sí. Sus jefes militares se acusan mutuamente de ser incompetentes, cobardes y corruptos y Felipe se da perfectamente cuenta de que todos dicen la verdad. Ha decidido unificar el mando de todas las tropas nazarenas que intervienen contra nosotros: el jefe supremo será el bastardo del emperador Carlos, Juan de Austria. La otra mala noticia estaba esperada desde hace tiempo por todos quienes conocen al presidente de la chancillería de Granada, Pedro de Deza: los rehenes del Albaicín que se encontraban en sus cárceles, así como sus familias, han sido exterminados. Más de mil creyentes seleccionados entre los más ricos del reino han sido asesinados y sus bienes ingresados en las arcas del rey nazareno. También dicen los espías judíos que Deza se sirve del Tesoro real de Granada como si se tratara de su propia hacienda, con la complicidad activa del inquisidor de Granada, quien se reserva también una parte importante de los ingresos del Estado para su personal comodidad. Los bienes de los creyentes ricos y de los reconciliados no le bastan.

Ahora, los nuestros saben que ya no tienen nada que perder. Están dispuestos a luchar con arma blanca contra los cañones y los arcabuces del invasor. Una oleada de fondo ha sido levantada por el asesino Villalta y sus cazadores de esclavas, pero Abenhumeya tiene escrúpulos. No quiere enviar al matadero a todo su pueblo; cree aún en la ayuda de Argel. Su propio hermano estuvo en Argel: vio a Uluch Alí y se ofreció como vasallo del sultán turco. Esta vez, los turcos no hacen oídos sordos.

Ya no podemos utilizar el pequeño puerto de Sorbas pero, al poniente de Sorbas, hay una franja costera tan escarpada y aislada que nadie se atreve a entrar en ella. Es decir, nadie excepto los turcos, que empiezan a llegar por pequeños grupos de entre diez y quince hombres. Traen armas, pólvora, municiones y arenque salado que almacenan como pueden en las rocas que dominan la costa. Enviamos destacamentos para trasladar todo eso a nuestros depósitos. Las galeras nazarenas siguen patrullando, incluso más que nunca, pero no son lo suficientemente numerosas para impedir que pasen los corsarios turcos. Éstos están mandados por un experto, pues el mismo Uluch Alí es un corsario temible.

Durante la primavera y el verano, la ayuda turca nos permite volver a tomar la iniciativa. De un extremo al otro del reino, los cadáveres de cazadores de esclavas se pudren bajo el sol de al-Ándalus. Las mujeres que liberamos no vuelven por sus hijos, porque el nazareno los ha masacrado delante de sus propios ojos. Eso las convierte en enemigas muy peligrosas. Para el nazareno asesino de niños, la ira de nuestras madres se ha convertido en una verdadera plaga exterminadora. He visto personalmente como nuestras mujeres luchan contra la caballería nazarena y la vence con manos y pies desnudos. Una vez vi como nuestros veteranos más irreductibles se alteraban y palidecían al ver a una de esas mujeres arrancarle el corazón a un cazador de esclavas y devorarlo mientras latía.

Decido crear una compañía de mujeres, bajo el mando de Elvira. Les doy el mejor armamento de que disponemos. No me defraudan pues al poco tiempo exterminan a mil cazadores de esclavas por haber saqueado Valor. Situada en las montañas que dominan la bahía de Almería, Valor tiene para nosotros una importancia excepcional por tratarse del feudo de nuestro rey. El 2 de abril, los cazadores de esclavas encerraron a todas las mujeres de Valor en la iglesia y degollaron a todos los hombres, niños y ancianos sin excepción. Al día siguiente, los nazarenos se retiraron con sus presas. Debían atravesar un valle estrecho, casi un desfiladero, donde Elvira les esperaba. El ataque fue fulminante: en unos pocos instantes, quinientas mujeres fueron liberadas. Ellas también lucharon tras apoderarse de las armas abandonadas por los nazarenos caídos. Los espías judíos me dirían, más tarde, que el único superviviente, un tal Camacho, le había contado al marqués de Mondéjar que la lucha había durado mucho y que los suyos habían debido afrontar un enemigo muy superior en número y en armamento. Mondéjar tuvo a bien creérselo, pero los creyentes sabemos que mil arcabuceros nazarenos sucumbieron ante sólo doscientas mujeres. Elvira trae un botín enorme; en particular, más de setecientos arcabuces en perfecto estado. Le acompañan varios miles de hombres y mujeres, todos ellos nuevos reclutas para las fuerzas armadas del rey de Granada.

La exasperación de un pueblo es un río de fuego destructor que hay que saber encauzar. Ponemos en marcha un sistema de alerta y de ayuda mutua: si los cazadores de esclavas atacan un pueblo de día, los pueblos lindantes son alertados por el humo de hogueras alimentadas con madera verde. Antes que dejarse masacrar, nuestros niños se convierten también ellos en combatientes despiadados. Su arma preferida es la honda del pastor. Antaño, los niños de al-Ándalus coleccionaban los guijarros de nuestros ríos y se regocijaban entre amigos, admirando sus diversos y preciosos colores. Ahora, más de un nazareno ha oído su silbido justo antes de reunirse con los demonios del infierno. Ahora, el cazador de esclavas debe afrontar no uno sino diez pueblos a la vez. Luego, debe pasar por las emboscadas que les tienden los hombres y las mujeres de nuestro ejército. La caza de esclavas se ha convertido en un asunto peligroso y costoso; hasta el punto de que los nazarenos más avaros —la mayoría— se ven obligados a desertar para poder lucrarse por otros medios. La primavera y la ayuda turca alivian la hambruna: ¡con las abejas y las golondrinas, llega también el tiempo de las victorias!

El marqués de Mondéjar se ha retirado. El rey Abenhumeya y su justicia gobiernan la Alpujarra con toda libertad. Bien vigiladas, nuestras huertas florecen y nuestros campos sembrados aparentan esmeraldas engastadas en los flancos de los montes plateados. Este año, el nazareno no incendiará nuestras cosechas.

Khorush Alí se ha repuesto de su herida. La venda negra que cubre su órbita vacía le da un aspecto terrible. Bajo su mando, ochocientos cincuenta arcabuceros turcos se entrenan diariamente. Elvira dispone ahora de cinco mil mujeres que manejan la honda y la ballesta tan bien si no mejor que nuestros mejores hombres. Tras intentarlo, hemos decidido que el arcabuz no les conviene a causa de su peso, pero su tremenda ferocidad en el combate compensa ampliamente esa laguna. Abenaboo también se ha curado de su horrorosa herida. El rey le ha entregado el mando de las tahas orientales del reino; éstas incluyen las ciudades de Poqueira y Ferreira.

Algunos niños han reemprendido el camino de las escuelas, pues los alfaquíes dicen que la ignorancia es una plaga aún peor que los nazarenos. Atendiendo a sus deseos, Abenhumeya ha dado la orden de reconstruir las medersas, las mezquitas y los baños. Las corporaciones de albañiles se reconstituyen y trabajan todo lo más que pueden con sus alarifes. Nuestros mensajeros recorren los reinos de Fez y de Marrakech en busca de voluntarios; las compañías beréberes y árabes forman una élite exigente pero extraordinariamente eficaz. Los árabes son antes que nada jinetes, mientras que los beréberes se distinguen con arma blanca. Todos traen sus armas y cuantiosas provisiones de pólvora y de municiones.

Los judíos traen nuevas alarmantes: Juan el Bastardo está en Aranjuez. A mediados de abril, estará en Granada, donde está prevista una fiesta aparatosa para darle la bienvenida. Parece que los tiempos de la canalla indisciplinada han pasado. La presencia de ese príncipe significa que de aquí en adelante nos enfrentaremos con tropas profesionales. Lo que me tranquiliza un poco es que, de momento, nada parece indicar que el rey Felipe tenga intención de retirar sus mejores infantes de las guarniciones de Flandes y Nápoles, para lanzarlos contra nosotros. Lo que sí me aseguran los judíos, es que Pedro de Deza ha tomado la decisión irrevocable de deportar todos los creyentes granadinos hacia las tierras yermas de Castilla, con el fin de hacerlos morir de hambre y de sed. ¡Pero antes, deberá vencernos!

El marqués de Vélez, enemigo acérrimo del marqués de Mondéjar, quiere vengar la humillación que infligimos a sus cazadores de esclavas en el puerto de Ravaha. A finales de mayo, me entero de que Vélez está construyendo un fuerte en la cima del puerto, bajo el amparo de la guarnición nazarena de Uad al-Aix. Tres lugartenientes de Abenaboo se ofrecen para ir a poner término a esa obra porque, dicen, concierne una de las tahas de su jefe. En cuanto a los judíos, dicen que el bastardo no aprobó el proyecto de Vélez. Los tres lugartenientes son: Hanón de Güevejar, Futey de Lanteira y Zetrea de Zúhar, todos ellos combatientes valientes y experimentados. Reconozco su derecho y su razón: pasados diez días, vuelven con el estandarte que los nazarenos pensaban izar en lo alto de su fuerte. También traen la cabeza del capitán nazareno, un tal Juan de Benavides. Desde las cuatros esquinas de la taha, los nuestros acuden y terminan de desmantelar lo que los operarios nazarenos habían levantado.

Abenhumeya desea concentrar toda la potencia de nuestros ataques hacia Granada. Sueña con ver ondear su estandarte sobre la torre del homenaje de Alhambra. Le propongo un objetivo situado a sólo tres leguas de la antigua capital del reino: Güejar. Es allí, le digo, donde habíamos fabricado las escaleras que debían permitirnos tomar Alhambra al iniciarse el levantamiento. El rey me encarga tomar Güejar y fortificarla. Reúno mil doscientos hombres: seiscientos arcabuceros turcos, bajo el mando de Khorush, y seiscientos ballesteros y honderos bajo el mando de un antiguo monfí llamado Butros al-Husseini. Los judíos me informan que la guarnición nazarena de Güejar está compuesta de infantes profesionales traídos por el bastardo. Ahora veremos lo que valen realmente esos infantes nazarenos, que dicen ser los mejores soldados del mundo.

Güejar está situada al este y por encima de Granada; prácticamente en el lugar donde manan las aguas del Genil que corren desde lo alto de Sierra Nevada. La ciudad está rodeada de montañas de las que bajamos con mucho sigilo. Mando cinco exploradores para que determinen el estado de las defensas nazarenas. Tardan una hora en volver, convulsionados de risa hasta tal punto que son incapaces de dar parte. Finalmente, pierdo paciencia y amenazo con cortarles la cabeza si no dan parte de inmediato. Uno consigue controlarse lo suficiente para decirme, entre dos carcajadas nerviosas, que los mejores soldados del mundo, por los que habíamos tomado tantas medidas de precaución, se habían contentado con someter Güejar a pillaje y volverse a Granada con su botín. En otras palabras: Güejar no está defendida. Estoy muy defraudado. Mi mal humor se acrecienta viendo como Khorush, habitualmente tan serio, se pone a reír como un crío.

Decido dejar a Khorush y sus turcos de guarnición en Güejar, porque también es experto en materia de fortificaciones. Su misión consistirá en hacer de Güejar una espina dolorosa e inexpugnable en el flanco oriental de los engullidores de puerco que ocupan nuestra capital.

Cuando le doy cuenta de esta expedición ridícula, Abenhumeya se ríe mucho, pese a que yo diga con firmeza que no le veo la gracia. Entonces el rey nombra un alcaide permanente de la plaza de Güejar: se llama al-Shuaibi. Éste coge seiscientos hombres y sale para relevar a Khorush Alí. No conozco a este Shuaibi, pero le sugiero seguir las indicaciones de Khorush para terminar de fortificar Güejar. Al-Shuaibi lo toma con menosprecio. Me doy cuenta de que es un estúpido vanidoso y voy a decírselo a Abenhumeya, añadiendo que el hecho de poner a ese hombre al mando de nuestra frontera occidental supone para nosotros un grave peligro. El rey le debe probablemente algún favor, porque mis advertencias caen en saco roto.

Siempre fieles a su compromiso, los judíos traen una noticia importantísima: una escuadra grande, quizás de veinticuatro galeras, acaba de zarpar de Nápoles con a su bordo los infantes del tercio de Nápoles. Las galeras navegan bajo el mando de don Álvaro de Bazán, el mejor capitán del rey Felipe. Esos soldados estarán bajo el mando del bastardo.

Al mismo tiempo, Elvira declara que ha venido el momento de lanzar una operación de envergadura con su ejército de mujeres. Quiere ocupar el peñón de Frigiliana para hacer de ese lugar la base permanente de sus operaciones de castigo contra el nazareno. Intento disuadirla, porque ese tercio de Nápoles me tiene preocupado. La pantera pelirroja me pregunta con fiereza si aún no me consta su valor en combate.

Frigiliana es un peñón situado en los montes que dominan la costa al poniente de Almuñecar; o sea a menos de una legua al norte de Nerja. Es un sitio estratégico de primer orden y debo admitir que los argumentos de Elvira son muy convincentes. Un río llamado Higuerón, alimentado por las nieves derretidas en primavera, pasa por Frigiliana, que domina a una altura impresionante el flanco sur de la sierra de Bentomiz. Un canal deriva las aguas del Higuerón hacia la base del peñón, lo cual contribuye a que sea fácilmente defendible contra fuerzas atacantes muy superiores en número y armamento. Hablo con Abenhumeya y consigo convencerle, pero la importancia estratégica del lugar exige que la expedición esté sustentada por fuerzas importantes. Dos mil quinientos hombres acompañarán a Elvira y a «su» ejército de mujeres. Abenhumeya conoce bien a Elvira y acepta que sea ella quien asuma el mando de la expedición, hombres incluidos.

Elvira y su cuerpo expedicionario salen dos días más tarde. A partir de ese momento, mi amada esposa dará cuenta de sus movimientos con regularidad. Así sabremos que ha asegurado todos los lugares de la sierra de Bentomiz para consolidar su retaguardia. Se prevalece de la autoridad natural de un descendiente del antiguo gobernador de aquella taha, llamado Martín Alguazil, y de Hernando el Darra, otro notable descendiente de una familia noble afincada en la región de Frigiliana desde tiempos de los Banu Nasr, reyes legítimos de Granada. Hasta este momento, ninguno de esa noble estirpe se había adherido a nuestra causa. Por lo tanto, Elvira dispone de un territorio bastante extenso alrededor del peñón, territorio del cual los nazarenos se retiran precipitadamente hacia Vélez. El capitán nazareno, corregidor de la región de Bentomiz, se llama Arévalo de Zuazo. El 2 de junio, recibimos la noticia que esperábamos: Elvira ha infligido una terrible derrota a los arcabuceros de Zuazo. Dispone ahora de un importante arsenal arrebatado al enemigo. El acceso de Almuñecar por el interior está ahora bajo nuestro control.

Exaltado por el éxito obtenido en su nombre por una mujer, Abenhumeya quiere tomar personalmente el mando de nuestras fuerzas y lanzarlas contra el ejército del marqués de Vélez, actualmente acantonado en Berja. Doce mil hombres se juntan en Valor, el feudo de Abenhumeya. El rey cabalga a su cabeza; le siguen las compañías beréberes. Éstas llevan coronas de flores, porque se han proclamado muyaheddines, lo cual significa que serán o bien vencedores o bien mártires en nombre del Misericordioso. Yo estoy al mando del cuerpo de arcabuceros, cuyo núcleo duro está constituido por el regimiento turco de Khorush Alí.

Nuestra llegada a Berja se hace abiertamente y en plena luz del día. El ejército de Vélez está desplegado delante de Berja con, en frente, sus arcabuceros en batería de cinco filas. Abenhumeya da la orden de atacar de frente. Nuestros jinetes, sobre todo los árabes, derriban las primeras filas de arcabuceros antes de que puedan disparar una segunda vez. Los muyaheddines beréberes atacan con tanta furia que de pronto nos vemos todos envueltos en una lucha encarnizada. La caballería de Vélez está paralizada por el desorden caótico de la pelea cuerpo a cuerpo. Ya no cuento las muecas angustiadas de quienes perciben, como última visión de sus vidas, la hoja ensangrentada de mi Leona. Busco al marqués de Vélez, pero el muy cobarde se ampara con sus jinetes detrás de los muros de Berja.

Abenhumeya no quiere perder tiempo sitiando la ciudad, pues podría verse en dificultad por carecer de armamento pesado, cuales morteros y cañones. Su decisión es avisada y oportuna. Pese a nuestra brillante victoria, nos retiramos. No son pocos los honderos nuestros que ahora disponen de magníficos arcabuces milaneses, señalados con las armas de los Vélez.

Desgraciadamente, hemos perdido cerca de mil hombres en la contienda. Entre los muertos, reconozco al valiente Khorush Alí: esta vez, la bala de arcabuz le ha dado en el corazón. Mi memoria no volverá a traicionarme: que el *ketkhüdāyeri* del cuerpo imperial de jenízaros descanse en paz.

Abenhumeya piensa que la mejor manera de vencer a Vélez será dirigiendo nuestra ofensiva hacia su feudo de Vélez Blanco. Marchamos hacia el levante y el valle de al-Mansūr, dominado éste por la fortaleza de Serón. El nombre del río —al-Mansūr— es de buen agüero, pues significa «el Victorioso». En efecto, la guarnición de Serón se rinde sin combatir. Seguidamente, las demás plazas fuertes de la región se rinden, una tras otra. Bajo estas condiciones, ningún ejército nazareno puede ya adentrarse en nuestro territorio sin arriesgar la pérdida irremediable de sus vidas y de sus bienes. ¡Somos los amos en nuestra tierra!

Ya se acerca la época de las cosechas. Llegan cada vez más voluntarios de Argel y de Berbería; por tanto, Abenhumeya decide que los nuestros habrán de volver a casa para cosechar y almacenar el sustento del invierno próximo. Volveremos a tomar la ofensiva cuando venga el otoño, una vez terminadas las últimas cosechas. El espectro de la hambruna y el recuerdo de miles de niños y ancianos muertos de hambre no dejan de atormentar nuestros sueños y nuestros recuerdos. Sé que para vencer hemos de continuar la ofensiva, seguir hasta Vélez Blanco, tomar Almería y Málaga, después volver a subir hacia Granada que, entonces, caería en nuestras manos como un fruto maduro. Sólo entonces podríamos proclamar reconstituido el reino de Granada. Pero sé también que nuestro rey tiene toda la razón.

# VII

## EL ÚLTIMO REY DE GRANADA

Con los refuerzos turcos y beréberes, además de los jinetes árabes, pasamos el verano de 1569 escaramuzando con destacamentos nazarenos desmoralizados. Peleas de poca monta, sin valor estratégico y con efectivos reducidos. El grueso del ejército creyente estaba absorto en las tareas del campo, y Abenhumeya se había retirado en el pueblo de Lauxar al-Andarax con algunos fieles. Aquel pueblo tenía un valor simbólico para nosotros: en tiempos de la destrucción de nuestras mezquitas por los Reyes Católicos, el conde de Lerín había encerrado a las mujeres y a los niños en la mezquita de Lauxar. Ésta había sido minada previamente, y saltó por los aires, sepultando a sus ocupantes bajos sus escombros. Antes de partir para las galeras de Sus Majestades, los hombres de Lauxar debieron escuchar los gemidos de las moribundas durante cinco días con sus noches, sin poder intervenir. Luego, hubo silencio.

Sin nada más urgente que atender, me disfracé de nazareno para reunirme en Loja con Arrusa, mi madre, y mi pequeña Leila. No tenía noticia alguna de Elvira, pero había pasado demasiado tiempo desde que había visto a mi princesita de la noche. ¡Como debía haber crecido! Tras despedirme del rey, pasé primero por los límites orientales del reino para entrevistarme con Abenaboo. Se encontraba en Órjiva. Esa ciudad estaba aún en manos de los nazarenos, pero no hallé dificultad alguna para dar con él. Abenaboo parecía preocupado, pero no quería contestar a mis preguntas. Yo insistí:

—¿Recuerdas nuestro pacto? Cumplí con mi palabra. Ahora te toca a ti.

—Shams, es cierto que prometí contestar si me interrogabas, pero con la condición de que los papeles fuesen canjeados. Esa condición no se da: estás aquí en mi poder tanto si no más que aquella primera vez, en la caverna.

—¡Te falla la memoria!

—¿Te refieres a...?

—Sí, Abenaboo. ¡Pude haberte dejado morir bajo la maldita morera!

—¿Qué deseas saber?

—Quiero saber qué es lo que te preocupa tanto que pareces estar en duelo por tu propia madre.

—¡Ay, Shams!

—¿Qué? ¿Por qué?

—¡Traición!

—¡*Ya Allah*! ¡Pero qué dices! ¿Quién...?

—Abenhumeya.

—¡No puedo creerlo! ¿Por qué traicionaría su propia causa?

—Lo sé por Diego Alguazil, el de Albacete de Uxíhar.

—¿El primo de la secretaria de Abenhumeya?

—Ese mismo. Va diciendo por ahí que el padre y el hermano de Abenhumeya están en poder de Pedro de Deza en

Granada. Los tiene presos y los ha torturado. Ahora amenaza con darles muerte si Abenhumeya no abandona las armas. Alguazil me ha asegurado personalmente que la conformidad escrita de Abenhumeya ya ha sido entregada a Deza.

—¡Escúchame bien, Abenaboo! Conozco ese cuento sórdido. Abenhumeya no abandonará a sus partidarios, incluso a cambio de la vida de su padre y de su hermano. Diego Alguazil no le ha perdonado nunca el no haberse casado con su prima. Considera que su honor ha sido mancillado y que debe ser lavado en la sangre de nuestro rey. ¡Es estúpido! Esa mujer insignificante y fea no es más que una vulgar secretaria que redacta cartas bajo dictado, porque escribe por igual en árabe y en castellano, ¡pero por Dios que el hombre menos agraciado no la querría en su lecho!

—Alguazil no piensa así, pero no es eso lo que importa. Incluso si la traición de Abenhumeya no es sino una calumnia inventada por Alguazil, el pueblo de Granada lo cree. Abenhumeya no debe seguir reinando, porque si se queda, nadie querrá luchar bajo su estandarte.

—¿Cómo es que no he sido notificado antes?

—Porque se te considera como la mano derecha de Abenhumeya. Si le ocurriera algún percance, compartirías su suerte porque a ti también se te considera traidor. Yo sé que eres un hombre leal, pero la dirección del viento ha cambiado.

—¿Tienes intención de asesinar al rey?

—No, Shams. No, pero alguien lo hará. La guerra no ha terminado, y no podemos luchar con un rey despreciado por todos como traidor. La suerte de toda nuestra gente depende de ello. ¿Y tú, qué dices?

—Digo que no participaré en ninguna conjura contra el rey. Había venido para decirte que voy a pasar algún tiempo en Loja con mi madre. Ahora, pienso retrasar mi salida para cerciorarme del asunto. Tengo mis espías incluso dentro de la chancillería de Granada. Si Abenhumeya nos ha traicionado, ellos vendrán aquí mismo para confirmarte la veracidad de lo que te ha dicho Alguazil. Si es así, que se haga justicia. De lo contrario, avisaré inmediatamente al rey y haré ajusticiar a ese Alguazil y todos quienes han tomado parte en la conjura.

—No he participado en ninguna conjura, Shams, pero has de saber que si Abenhumeya muere o es asesinado, seré yo su sucesor. Si eso ocurriera, ¿qué harías?

—Si Abenhumeya ha traicionado y si tu eres rey en su lugar, te serviré fielmente. Si esa acusación es una vil calumnia, y creo que lo es, contaré con tu fidelidad. Lo sabré con seguridad si castigas a ese Diego Alguazil de tu propia mano.

—Me parece justo.

Los espías judíos vienen a verme con regularidad; no tardaré en saber lo que en realidad está pasando. Me extraña que hayan guardado silencio de ser cierto lo que le contó Alguazil a Abenaboo, pero de cualquier modo es lo primero que les preguntaré.

Vuelvo a tomar contacto con algunos hombres de fiar, y les pido que traigan aquí a los espías. Me quedaré en la frontera oriental todo el tiempo que haga falta.

Tres días después de mi encuentro con Abenaboo, un agente judío viene a decirme que los infantes del tercio de Flandes se están instalando en Granada, y que se han unido con los del tercio de Nápoles. Le pregunto acerca de Abenhumeya, y contesta que no sabe nada. Le pido encarecidamente que lo averigüe y luego vuelva aquí con la máxima celeridad. Da la casualidad de que uno de sus colegas tiene amistad con un miembro influyente de la chancillería. Tarda diez días en disipar mis dudas: confirma que Abenhumeya ha escrito una carta tras la toma del fuerte de Serón. Se trata de una carta redactada por la secretaria de Abenhumeya, bajo dictado del rey y firmada por él. Le dieron a un joven nazareno de Serón un salvoconducto escrito en árabe para que entregase la carta, no a Diego de Deza sino a don Juan de Austria. La carta fue finalmente entregada al marqués de Mondéjar. Abenhumeya se limitaba a ofrecer el canje de ochenta prisioneros nazarenos a cambio de su padre, don Antonio de Valor, y de su hermano Francisco. El espía me dice además que nuestro gobernador de la plaza de Güejar, al-Shuaibi, ha recibido instrucciones secretas de no hacer incursiones en territorio nazareno hasta nueva orden. Me despido del espía y voy a ver a Abenaboo. Le digo:

—Estoy enterado de todos los detalles de este asunto. No cabe duda de que se trata de una calumnia. Abenhumeya escribió una carta proponiendo un canje: ochenta presos nazarenos contra su padre y su hermano. La carta fue entregada al marqués de Mondéjar por un joven nazareno capturado por los nuestros en Serón. En ello no hay ninguna traición, ningún ofrecimiento de rendición; por lo tanto, salgo inmediatamente para avisar al rey, y espero de ti lo que convenimos. Demostrarás que eres sincero castigando a Pedro Alguazíl como es debido.

—Supongo que la secretaria redactó la carta y luego avisó a su primo, quien la interpretó a su manera. ¿Es así como ocurrió?

—Mi espía no lo dijo así exactamente, pero creo que ocurrió como dices, pues fue efectivamente ella quien redactó la carta.

Me despido y cabalgo a toda velocidad hacia Lauxar. Debo avisar a Abenhumeya antes de que sea demasiado tarde. Tengo mis dudas acerca de Abenaboo; su actitud me parece ambigua, pero decido callar su papel en esta sórdida historia. Es un combatiente valiente, un excelente jefe militar que no podemos apartar sólo por una sospecha. Pedro Alguazil es otra cosa enteramente: él, su prima, su familia y toda su clientela deben ser eliminados inmediatamente y sin piedad. El porvenir de los creyentes de al-Ándalus depende de ello, si es que tienen porvenir...

Abenhumeya me escucha sin reaccionar. Hablo durante buen rato, pero tengo la impresión de dirigirme a un muro. ¿Puede ser que esté de veras enamorado de su secretaria? Por fin reacciona cuando digo que hay que ejecutarla ya. ¡Se niega! Ningún argumento le convence, ni siquiera la prueba evidente de esa traición abominable. Entonces pido que esa arpía sea confrontada conmigo, y Abenhumeya da orden para que acuda inmediatamente. No la encuentran. Tras interrogar a la guardia, descubro que dos hombres la vieron salir al galope tendido, a los pocos momentos de llegar yo. Esto por fin parece convencerle, pero Abenhumeya no toma ninguna iniciativa. Parece aliviado cuando le digo que he encargado a Abenaboo castigar a Alguazil, pero no quiere que se le toque un pelo a su secretaria. ¿Habré cometido algún error de cálculo? Ahora pienso que nada podrá detener la rueda del destino. Al despedirme de Abenhumeya, estoy convencido de que no lo volveré a ver con vida. En el espejo de mi memoria, sigue en los altos de Lecrín recibiendo el manto purpúreo y las insignias de soberanía sobre Granada y Córdoba. Me marcho con el corazón angustiado. A pesar de todo, aún debía luchar bajo el estandarte de Abenhumeya.

Encuentro una vieja sotana. Me la pongo y dejo mi caballo en Lauxar a cambio de un borrico. Sin embargo, esta vez, no me separo de mi Leona. La disimulo en una manta de lana. Otra vez más, me pongo la máscara de un sacerdote nazareno para ir a ver a Arrusa y a mi princesita de la noche. Resisto a la tentación de ir a Frigiliana para consumirme en las llamas encarnadas de Elvira.

Cuando llamo a la puerta es Leila quien viene a abrirla. ¡Cómo ha crecido! Apenas me ve, se va corriendo y llama a su abuela. ¿Es posible que yo haya cambiado tanto que no me reconoce? Debe ser por la maldita sotana, porque mi propia madre manifiesta miedo al verme. Por fin me reconoce:

—¡Shams! ¡Shamsi, *ya* Shamsi, *ya ayuni*...! Pero... ¿qué haces en ese traje horrible? ¡Vaya susto! ¿Es que ahora los corderos se disfrazan de lobos? ¡Cómo has adelgazado! Debes tener hambre, amor mío, ven, entra, pobrecito, ¡entra!

Arrusa, la novia eterna, es muy astuta: se hace pasar por la viuda de un tal Diego Soto de Haro, perfectamente imaginario pero plausible, antiguo empleado de la Casa de la contratación de Sevilla. Yo haré pues de padre Soto de Haro. Ella está muy bien vista por los nazarenos de Loja, porque va a misa y borda las mejores mantillas del ídolo de su virgen de no sé cuántos. Leila es asidua en las clases de catecismo de un cura que viene regularmente para engullir carne de puerco y emborracharse en casa de mi madre. Incluso los soplones del inquisidor de Granada tienen buena opinión de ella.

Arrusa y Leila no pueden permitirse ningún lujo pero tampoco echan nada en falta, pues Arrusa es la bordadora más hábil de Loja y sabe restaurar los más finos encajes de Flandes. El trabajo es lento y minucioso, pero los nazarenos lo pagan bien porque su orgullo no les permite llevar encajes estropeados. Leila ha olvidado nuestro idioma sagrado.

Le hablo en castellano; es más seguro. Tras ese primer susto, Leila se agarra a mí. Cada mañana, me acompaña a la gran fuente de los doce manantiales. No me atrevo a hablarle de las hazañas de su madre. Me pide noticias y le digo que Elvira está bien pero que de momento no puede venir. Se pone a llorar. Para consolarla, le canto romances de Granada, de Alhama, del rey Muhammad el Bravo, de Boabdil... y llora más aún. Le duele el recuerdo como a todos nosotros. Finalmente, invento cuentos de castillos con dragones, de princesas presas y de príncipes cambiados en sapos por malas artes de brujería. ¡De eso se ríe! Si Elvira estuviera aquí, sería yo el hombre más feliz del mundo. Los días pasan, apacibles y casi perfectos si no fuera por el cura, un gordito maloliente, que viene muy a menudo y sin avisar previamente, sólo para aprovecharse de nuestra hospitalidad. Arrusa se ve obligada a guisar carne de puerco sin saber nunca si ese demonio vendrá para llenarse la panza. Lo peor del asunto, es que le caigo bien. Quiere que haga un sermón en su lugar. No puedo negarme. Escojo como tema el amor al prójimo. El odio, digo, está sembrado en nuestros corazones por Satanás. Esos nazarenos que tanto nos odian asienten con la cabeza. ¡Serán hipócritas!

El 8 de septiembre, un fraile franciscano llama a nuestra puerta. Dice que quiere hablarme a solas. A la manera en que lleva su rosario, sé que se trata de un creyente. Abenhumeya prepara una ofensiva de gran envergadura, y debo volver a mi puesto sin más tardar.

Cuando viene el momento de la despedida, Arrusa se mantiene derecha y no dice nada. Leila se agarra a mí. No consigo tranquilizarla. Me suplica: «¡quédate, quédate con nosotras!». Sus sollozos se pierden en la distancia que se alarga entre nosotros.

Dos días pasan. Me presento ante mi rey. Le está dictando una carta a la arpía. Los traidores no han sido castigados; seguirán actuando a su antojo. La vida del rey está suspendida a un hilo muy tenue. Lo declaro delante de la secretaria para intentar confundirla, pero el rey me dice con aspereza que ha dado orden a Abenaboo de quedarse tranquilo, porque está seguro de que mis informes sobre Alguazil son equivocados. La secretaria me mira con descaro. Veo claramente que el poeta Petrarca tenía razón: cada cual lleva su destino asentado sobre la frente. Me encojo de hombros. Lo único que lamento de veras es que la secretaria sea tan fea; no merece el incendio que va a asolar el reino de Granada en su honor.

Debemos atacar y ocupar Vera antes de que finalice el mes. Dispondremos de doce mil hombres, incluidos dos mil quinientos arcabuceros. Los dos cañones traídos por Khorush Alí servirán para batir y abatir las murallas de la ciudad.

Vera está situada a poca distancia de la costa; a quince leguas de Almería y a nueve de Lorca, entre los ríos al-Mansur y Antas. La carretera principal que une Almería a Lorca pasa por Vera, lo cual basta para explicar su importancia estratégica y la razón por la que Abenhumeya quiere reconquistarla ochenta y un años después de que cayera en manos de los Reyes Católicos. Para disipar mis presentimientos, me pongo inmediatamente a preparar el sitio, que deberá ser lo más breve posible.

Vera está escindida en dos: Vera la Antigua, con su fortaleza, está situada sobre una meseta alta, con Vera la Nueva más abajo. Abenhumeya ha hecho traer los cañones y, por una vez, disponemos de suficiente pólvora. Es de buena calidad, porque ha sido fabricada por los nazarenos. La cogimos durante la campaña de al-Mansur y la toma de Serón.

Nuestros hombres vuelven del campo, sus cosechas bien almacenadas. Este año no faltarán víveres.

Los judíos me traen malas nuevas: dos de los nuestros fueron capturados. Uno no pudo aguantar las torturas nazarenas y, en estos mismos momentos, el bastardo está enviando refuerzos importantes a la ciudad de Vera. Además, ha instalado un sistema de señales que enlaza Almería con Lorca, pasando evidentemente por Vera. Todas las tropas nazarenas acantonadas entre esos puntos pueden ser alertadas en unos instantes, mientras que nosotros no podremos beneficiarnos del efecto de sorpresa.

Aviso al rey de este contratiempo y le aconsejo atacar otra ciudad o, mejor aún, limitarse a algunas incursiones rápidas hacia el poniente. Abenhumeya se empeña. Otra vez más, tengo la impresión de que me dirijo hacia un muro. No tengo más remedio que acatar sus órdenes lo mejor que puedo y cuidarme muy mucho de dejar mi retaguardia a descubierto. Entretanto, Abenaboo vigila nuestra frontera oriental; por lo tanto, no participará en esta expedición. No tendré pues ocasión de hablar con él.

Salimos como previsto antes de la primera lunación de octubre. Somos cinco mil veteranos. Siete mil auxiliares se unen a nosotros en el valle del río al-Mansur. Arrasamos la huerta de Cuevas, que pertenece al marqués de Vélez, sin detenernos para tomar el castillo a pesar de que esté prácticamente indefenso. El domingo veinticuatro de septiembre estamos delante de Vera la Antigua. Abenhumeya da orden de disparar varias descargas de arcabuz sobre Vera la Nueva, que está justo por debajo y al alcance de nuestras armas. Prácticamente en el mismo momento, vemos humaradas de un horizonte al otro. Como siempre, los judíos han dicho la verdad: el bastardo ha creado una red de comunicaciones.

Abenhumeya lo pasa por alto y da orden de batir las murallas, concentrando el tiro de nuestros dos cañones. Alguna sección de muro y una casa se derrumban, pero la pólvora nazarena es demasiado potente para nuestros cañones fundidos en Argel; al décimo tiro, una de las piezas explota, matando a tres artilleros. Reducimos la cantidad de pólvora para seguir batiendo la muralla con el único cañón que nos queda, pero su potencia reducida ya no basta y la muralla resiste.

Inexplicablemente, Abenhumeya da de pronto la orden de retirada. Levantamos el sitio y volvemos a pasar por Cuevas sin tomar acción alguna. Nuestros auxiliares se vuelven a casa mientras nosotros seguimos hacia Purchena y Lauxar al-Andarax. Nos sentimos todos un poco ridículos.

Espero durante varios días, pero Abenhumeya no vuelve a aparecer entre nosotros. Solicito varias veces una audiencia, pero cada vez he de enfrentarme con la arpía o con alguno de sus allegados, que me echan en cara que el rey no desea verme. Abenhumeya ha franqueado los límites del mundo de los seres vivientes. Lamentándolo mucho, decido unir mis fuerzas con las de Abenaboo y seguir luchando a su lado, sobre la frontera o en cualquier otro sitio. Tres mil arcabuceros y doscientos cincuenta jinetes deciden seguirme. Ellos constituyen la élite del ejército. Las compañías turcas, bajo el mando de un capitán llamado al-Husseyn, los beréberes y los árabes están con nosotros. De momento, seguimos con ventaja. Aviso a los judíos de mi intención de unirme con Abenaboo; ellos aseguran que los nazarenos están desanimados por nuestras victorias y que nuestra demostración de fuerza delante de Vera les ha parecido una habilidad táctica porque, de no ser así, les resultaría más inexplicable si cabe a ellos que a nosotros. La diferencia siendo que, desgraciadamente, nosotros sabemos que no se trató de una habilidad táctica sino de un capricho estúpido. Cargamos seiscientas cincuenta mulas y salimos hacia levante. Me marcho de Lauxar a sabiendas de que, esta vez, no volveré a ver a Abenhumeya en este mundo. Sólo Dios es grande.

Cuando llegamos a nuestro destino, Abenaboo nos espera porque ha sido informado por sus espías. Nos recibe con solemnidad, pero a mí me trata con frialdad. Mientras mis hombres montan sus tiendas y almacenan los víveres y las municiones, intento dialogar con él:

—Quizás me equivoco, pero pareces menos encantado de verme que la última vez.

—La última vez, no te acompañaba un ejército innumerable.

—Mi ejército no es innumerable, Abenaboo, pero es aguerrido, bien armado y absolutamente fiel. Disponemos de tres mil arcabuces, de pólvora, de municiones, de víveres, de centenares de muyaheddines beréberes, de dos compañías de jenízaros e incluso de jinetes árabes; nómadas venidos del gran desierto.

—¿Qué piensas hacer con todo eso?

—Servir bajo tu estandarte.

—¿Por qué mi estandarte en lugar del tuyo? Tu potencia militar es diez veces superior a la mía. Realmente, esta vez los papeles están cambiados.

—Yo no tengo estandarte, amigo Abenaboo, no soy más que un simple oficial. Tú conoces bien a nuestro pueblo; la legitimidad del jefe le viene de su linaje. Perteneces a la casa de los Abencerrajes, nadie puede negar tu legitimidad. Abenhumeya ya no es capaz de...

—Termina tu frase, Shams.

—Mis hombres y yo hemos venido para servir bajo tu

estandarte si aceptas continuar la lucha sobre toda la extensión del reino. Eres el único capaz de proseguir con la guerra. Se te conoce en los pueblos más recónditos; el pueblo se reconocerá en ti. Si yo hiciera lo que me sugieres, cada cual podría esperar tomar mi sitio porque no sería más que un vulgar caudillo, una especie de monfí sin rey ni ley. El reino de Granada existe; necesita un jefe legítimo e indiscutible. Tú debes ser ese jefe. Si aceptas, seré tu oficial más seguro porque soy el más entregado a nuestra causa.

—¿Jefe o... rey?
—Jefe, Abenaboo. Todavía tenemos rey.
—Sí, todavía...

Abenaboo se levanta y me abraza. Me comunica su deseo de empezar por Órjiva, que sigue siendo una espina nazarena en nuestro flanco oriental. Durante los días siguientes, preparamos la expedición sin avisar a nadie del objetivo. No quiero que los espías nazarenos se enteren de nuestras intenciones.

Entretanto, Abenaboo recibe una carta furibunda de Abenhumeya, quien se queja de los turcos y de los berébere. Dice que los pueblos creyentes van siendo sometidos a saqueo por nuestros aliados, y que molestan a nuestras mujeres... Otra niñada de ese rey que de pronto se ha vuelto senil, pese a su juventud. Reconozco el puño y letra de la secretaria, pero la firma es suya. Abenaboo contesta con mesura, limitándose a declarar que los turcos están acantonados con él, sobre la frontera oriental, y que su comportamiento no da lugar a queja alguna por parte de los aldeanos.

Algunos días más tarde, una nueva carta de Abenhumeya contiene órdenes tajantes. Abenaboo deberá mandar todos los turcos a Mecina de Bombarón. Diego Alguazil y un centenar de hombres seguros irán a su encuentro y los degollarán durante su sueño. En ella añade que Abenaboo deberá liquidar a Diego Alguazil y a sus hombres después del asesinato de los turcos. Cuando Abenaboo me muestra esa carta demencial, miro con mucho cuidado la caligrafía y la firma. Reconozco el trazado usado por un antiguo secretario de Abenhumeya llamado Diego de Arcos. Abenaboo me confirma que ese Diego de Arcos estaba conchabado con Diego Alguazil para asesinar a Abenhumeya, lo cual no explica sin embargo esta falsificación burda y absurda. Sugiero que Diego Alguazil pretende quizás convencernos así de que Abenhumeya está dispuesto a rendirse. A mi parecer, Alguazil quiere hacernos creer que el rey va a eliminar a todos sus aliados antes de echarse a los pies de Felipe. La orden de eliminarlo después del asesinato de los turcos no es más que un truco para convencernos de que la carta es auténtica.

Pasan tres días y tenemos la sorpresa de ver llegar a Diego Alguazil en persona, acompañado por sus cien hombres. Repite textualmente el contenido de la falsa carta de Abenhumeya, exceptuando naturalmente todo lo relativo a su propia eliminación. Alguazil declara que jamás podría hacer tal cosa, que los turcos son inocentes, y que las acusaciones grotescas de Abenhumeya no son sino una cortina de humo para ocultar su propia traición.

Abenaboo decide servirse del traidor como de un buitre, para limpiar el campo de tanta carroña. Se levanta y va a mostrarle la falsa carta de Abenhumeya al capitán al-Husseyni. Los turcos ultrajados amenazan con abrirse camino a sangre y a fuego a través de nuestras filas, cortarle la cabeza a Abenhumeya y acto seguido volverse a Argel. Abenaboo los tranquiliza diciéndoles la verdad. Con nosotros, dice, los turcos son los bienvenidos; ¡ningún creyente verdadero se atrevería a levantar la mano sobre sus personas! Entonces es cuando Diego Alguazil saca una bolsa llena de hachís y la muestra al capitán turco. «Este hachís, dice, me fue enviado por Abenhumeya. Debía dártelo esta noche, después de la cena, para sumiros a ti y a tus hombres en un sueño profundo, facilitando así el crimen abominable.» Añade, con suma habilidad, que tal duplicidad no puede permanecer sin castigo; el rey de Granada debe ser ajusticiado y reemplazado por un rey turco; por ejemplo, el mismo capitán al-Husseyni. Pero éste es hombre sensato y honrado: contesta sencillamente que obedece las órdenes del beylerbey de Argel, Uluch Alí, y que sólo ha venido para servir al rey de al-Ándalus. A él no le importa en absoluto que el rey de al-Ándalus sea Abenhumeya u otro; se limitará siempre a obedecer las órdenes de Uluch Alí. Que los andalusíes ejerzan su justicia y elijan un nuevo rey andalusí, porque así lo exige la ley de los pueblos.

Entonces, con gesto dramático, Alguazil se dirige a Abenaboo y grita: «¡Larga vida a Abenaboo, rey de Granada y de Córdoba!». Todos repiten de una voz: «¡Viva Abenaboo, rey de Granada!» Por decencia, Abenaboo finge negarse antes de aceptar.

Abenaboo es proclamado rey ante todo el ejército. Es aclamado con entusiasmo: se oyen gritos de «¡Muerte al traidor Abenhumeya!»

El capitán al-Husseyni rinde homenaje al nuevo rey y asegura que le servirá fielmente durante los tres próximos meses, a la espera de la aprobación de Uluch Alí, a quien envía a Muhammad ben Daúd, nuestro antiguo embajador ante el beylerbey.

El hermano del capitán al-Husseyni, llamado Qaracash, se pone a la cabeza de un destacamento turco que acompañará a Diego Alguazil y sus hombres hasta Lauxar.

La primera decisión de Abenaboo como rey será de acompañar la expedición punitiva contra Abenhumeya, para asegurar la adhesión y lealtad del ejército real acantonado en Lauxar. Me da la orden de acompañarlo.

Esa misma noche, la guardia de Abenhumeya deja pasar a Diego Alguazil, a sus hombres y a los turcos sin dificultad. Sorprendemos a Abenhumeya dormido con la arpía en sus brazos. Se trataba pues de su amante, pese a su fealdad y a su presuntuosa estupidez.

Apresado, Abenhumeya rechaza la acusación de haber querido asesinar a nuestros aliados turcos para luego rendirse a los nazarenos. Confrontado con la falsa carta, reconoce la letra de su antiguo secretario y comprende entonces que está perdido. Es inocente de todas las acusaciones contra él, pero se sabe culpable de haber perdido la confianza de su pueblo en el momento supremo de su lucha contra el nazareno. Abenhumeya declina defenderse.

Al amanecer, Diego Alguazil lo estrangula personalmente, con un cordón de seda. Enterrado vilmente en una tumba anónima, al pie de un otero como los hay tantos, rindo homenaje a pesar de todo a un rey que fue valiente y generoso antes de encerrarse en sus errores. Todos me aprueban, pero ¿qué importa ahora? Abenhumeya pertenece al pasado.

Los capitanes y los hombres del antiguo rey prestan juramento a Abenaboo, con la sola excepción de un capitán llamado Muhammad ben Meqnūn, que huye con cuatrocientos hombres.

Abenaboo nombra dos grandes gobernadores para limitar el poder de los pequeños jefes de tahas. La parte oriental del reino será gobernada por Gerónimo al-Maleh, y su parte occidental por el actual alcaide, o gobernador de Güejar, al-Shuaibi.

El ejército es reformado, reuniendo las fuerzas de la frontera oriental con el antiguo ejército real. Abenaboo dispone ahora de cuatro mil arcabuceros muy experimentados y bien equipados, de los que mil constituyen su guardia personal. Los tres mil restantes están a mis órdenes, además de cinco mil ballesteros y dos mil honderos. El capitán al-Husseyni se hace cargo de todos los combatientes aliados, a excepción de los árabes, quienes se constituyen como siempre en cuerpo de caballería aparte.

No son tiempos de ceremonias y fiestas. El nuevo rey no demora sus decisiones: debo salir inmediatamente con mis diez mil hombres y esperarle en Cadiar, por encima de Motril. Él mismo, con su guardia y al-Husseyni, asegurará el valle de Lecrín antes de subir hacia Cadiar para reunirse conmigo. A finales del mes de octubre, pondremos sitio a Órjiva con doce mil hombres. Mis órdenes son de averiguar el estado de las defensas nazarenas en Órjiva, y de impedir cualquier comunicación entre el presidio de Órjiva y Granada, desde donde recibe sus relevos de tropa y víveres.

Al momento de llegar a Cadiar, doy orden de situar vigías al norte y al poniente de Órjiva, porque la carretera de Granada sale hacia el norte. Una red de señalización dará la alerta con tiempo suficiente para que podamos actuar con eficacia. Mi trampa se cierra sobre una columna de ochenta jinetes procedentes de Órjiva, cuya misión consistía en asolar nuestra frontera oriental. Los suprimimos, dejando con vida a tres que no oponen dificultad alguna para informarnos con todo detalle. Nos enteramos de que la guarnición de Órjiva está desmoralizada y que las deserciones se multiplican. El relevo acaba de efectuarse. La guarnición actual está compuesta de tres compañías de arcabuceros de trescientos hombres cada una, y de dos banderas de caballería. Se supone que esos hombres tendrán más capacidad de resistencia que los que acaban de relevar y que se han vuelto a Granada.

Me consta que, por primera vez, los números están a nuestro favor: diez contra uno. Ahora veremos si el nazareno iguala nuestro valor. ¿Tendrá también nuestra insolencia?

El veinticuatro de octubre, Abenaboo está entre nosotros. El día veintiséis, iniciamos la marcha contra Órjiva. Dos días después, el veintiocho de octubre, la ciudad está totalmente cercada y desabastecida de agua, pues hemos desviado todos los canales que alimentan sus fuentes. Tras un primer asalto para comprobar si los nazarenos están dispuestos a resistir, Abenaboo reparte nuestros combatientes en cuatro frentes situados en los cuatro puntos cardinales. Las defensas de la ciudad están hechas de adobe y no sobrepasan generalmente la altura de un hombre mediano. Los turcos proponen cavar minas, pero los nazarenos hacen contraminas y abren trincheras para corregir la debilidad de sus muros. Entonces los turcos proponen construir rampas para que podamos dar el asalto por encima de los muros. Bajo la protección de nuestros arcabuceros, la rampa se construye rápidamente y damos el asalto. Los nazarenos ceden terreno, pero se atrincheran en la iglesia y resisten encarnizadamente. Son soldados profesionales, traídos de Nápoles y de Flandes.

De repente, vemos que un grupo de jinetes sale a galope tendido por la puerta del norte, la que da sobre el camino de Granada. Los nuestros tardan un poco en reaccionar, por lo que uno de los jinetes consigue escapar. Éste es un contratiempo serio porque, inevitablemente, refuerzos importantes vendrán de Granada. Sin embargo, Abenaboo cree que puede resultar provechoso. Tras pensárselo un poco, me da la orden de coger dos mil quinientos hombres y tender una emboscada.

Para alcanzar Órjiva, si vienen desde Granada, los refuerzos deben pasar por el puerto de Acequia; allí es donde los esperamos. Hago una arenga para exaltar la combatividad de mis hombres: «¡Hermanos creyentes! En el valle fértil que se extiende a vuestros pies, había en tiempos de mi infancia un castaño inmenso. Una vieja creyente había colgado un telar entre sus ramas y vivía en el interior de su tronco, y en éste cabían seis jinetes montados. Todos los labriegos de Órjiva, Poqueira, Ferreira, Capileira, al-Guazta, Pampaneira, Bubión, Aylacar, al-Harāt y de muchos más lugares acudían para comprarle sus tejidos. Todos la queríamos y la considerábamos como nuestra abuela. Ahora escuchad bien lo que os voy a decir: un buen día, para divertirse, vinieron los nazarenos y la quemaron viva dentro de su castaño. ¡Ahora por fin podéis vengar ese y todos los demás crímenes que esa gente ha perpetrado contra nosotros!».

No tenemos que esperar mucho. Los vigías avisan de que la vanguardia de los refuerzos cabalga bajo el estandarte del duque de Sesa. Éstos caen en la trampa; antes de retirarse en desorden, los nazarenos han perdido varios centenares de los suyos. Mi Leona ha cosechado veintitrés cabezas que ahora contemplan el cielo con ojos vacíos: ¡que descanse en paz la abuela del castaño!

El duque de Sesa dispone sus hombres a proximidad del puerto, pero no se atreve a atacar de frente. Intenta pasar en dirección de Lanjarón, pero me adelanto a su destacamento de cabeza y, otra vez más, le hacemos sufrir bajas de consideración. A partir de ese momento, Sesa se limita a esperar.

Pasan algunos días sin novedad alguna. Entonces es cuando nuestros vigías capturan a un mensajero nazareno.

Éste me dice que la guarnición de Órjiva ofreció rendirse a cambio de sus vidas y de poder retirarse a Motril. Abenaboo aceptó y los nazarenos depusieron las armas. Abenaboo los llamó hombres valientes y les permitió conservar sus espadas y enviar un mensajero al duque de Sesa con un salvoconducto. El mensajero me muestra el salvoconducto, y reconozco su autenticidad. Le doy las gracias por la buena noticia y le deseo buen viaje.

Al día siguiente, el duque de Sesa levanta su campamento y se retira hacia Granada. Nuestra victoria enardece los espíritus; su eco alcanza el fondo de los valles y las cimas nevadas donde aún laten corazones creyentes: ¡hemos vencido a las mejores tropas de Felipe!

Abenaboo quiere seguir batiendo el hierro mientras está caliente. Encarga a Gerónimo al-Maleh, al mando de un destacamento de mil hombres y una compañía de turcos, la toma de Galera y de todos los lugares lindantes. Al enterarse de su venida, la población se subleva contra el nazareno y al-Maleh no halla resistencia al entrar en Galera. La pequeña guarnición nazarena se refugia en la iglesia y pretende atrincherarse allí, pero el-Maleh da la orden de incendiarla. Los nazarenos intentan escapar saltando por las ventanas. Algunos pocos consiguen alcanzar Huéscar, a una legua de Galera.

Todos los esfuerzos de los soldados nazarenos, acantonados en Huéscar, Baza y las demás plazas fuertes de la región para reconquistar Galera son vanos. Esa ciudad se convierte rápidamente en base para nuestras incursiones en la parte nororiental del reino. Más importante aún: nuestra guarnición de Galera neutraliza la importante plaza fuerte nazarena de Baza, en las laderas de la serranía del mismo nombre.

# VIII

## LA DEFENSA DE GALERA

Los nazarenos están fuera de sí. El rey Felipe está furioso. Nuestra plaza fuerte de Güejar se sitúa a sólo tres leguas de nuestra antigua capital: ¡Granada! Las fuentes del Genil son nuestras. Casi toda la mitad oriental del antiguo reino de Granada hasta Galera, que acabamos de reconquistar, vive bajo la justicia de los creyentes gracias a nuestro nuevo rey, Abenaboo. Las mezquitas reconstruidas por Abenhumeya han hecho callar las campanas. Desde lo alto de los alminares del reino, el almuédano llama y le oímos en montes y valles, donde rezamos libremente, cinco veces al día, según nuestra ley. El domingo labramos el campo y el viernes descansamos, despreocupados, alrededor de las fuentes. Cualquiera creería que los devoradores de puerco han sido engullidos por la tierra y que no volverán. ¡Peligroso engaño! El hermanastro bastardo del rey nazareno quiere asumir el mando personalmente. Los judíos lo aseguran y sé que no mienten: los tercios de Nápoles y de Flandes hacen venir cañones pesados y enormes cantidades de pólvora y de municiones. Ahora disponen de morteros para batir nuestras viejas murallas y derribarlas. Nuestros cuatro mil arcabuceros, nuestros mil jinetes con sus estandartes, sus chirimias y sus timbales, nuestros miles de hombres y de mujeres combatientes, nos hacen sentir orgullosos, pero ¿podrán resistir semejante diluvio de fuego?

El rey Abenaboo me da la orden de reorganizar las defensas de la ciudad de Galera, allá en el nordeste. Es la clave estratégica de nuestro flanco oriental. Si los nazarenos reconquistan Galera, dice el rey, estamos perdidos. Le doy la razón.

Dispongo de medios excepcionales: doscientos jinetes, mil arcabuceros, dos mil quinientos ballesteros y otros tantos infantes con sus picas y sus hondas. Dispongo además de sesenta mulas de carga para el transporte de víveres y de municiones. El rey dispone el resto de nuestras fuerzas armadas en guarniciones, para proteger a los no combatientes y los almacenes en las ciudades y alrededor de los pueblos. Nuestro peor enemigo sigue siendo la falta de movilidad de nuestros combatientes, por estar como encadenados a sus familias. Los bebedores de sangre cazan preferentemente a nuestras mujeres, porque su precio ha subido mucho en los mercados de esclavas. Lo más positivo de nuestra situación es que vuelve el invierno; otra vez más, la nieve y el hielo nos protegerán.

Salimos de Güejar, al alba del día 15 de noviembre de 1569, rumbo a Galera. Avanzamos con lentitud porque las vigías nos preceden en lo alto de las montañas, desde donde pueden prevenir cualquier ataque por sorpresa, avisándonos con señales luminosas. Como hace buen tiempo, lo hacen reflejando el sol con espejos. Por la tarde del día 18, entramos en Galera sin haber topado con ningún nazareno. La ciudad abre sus puertas y nos recibe con grandes señales de regocijo. He puesto a nuestros mejores tañedores de chirimía y los timbaleros en cabeza, con los estandartes del rey Abenaboo. Luego la caballería, seguida por los ballesteros. Después, el cuerpo de arcabuceros tiene mucho éxito. En la vanguardia, puse a doce turcos que parecen gigantescos con sus turbantes. Se merecen ese honor, porque todos son veteranos de la gran campaña del verano pasado, en la que se distinguieron, al lado de Abenhumeya, bajo las órdenes de Khorush Alí. En la retaguardia, la infantería tampoco desmerece, con sus picas bien afiladas y alineadas.

Hay zambra toda la noche al son de chirimías y tamborines. Los turcos nos enseñan las danzas de los jenízaros y aprenden a cantar nuestras zambras. Al alba, completamente agotados, nos alojamos en las casas de los habitantes; cada uno quiere para sí a un valiente defensor de la fe y hace cuanto puede para atraerlo.

Galera está construida sobre una colina alargada, lo cual le da la forma de una galera, con calles muy estrechas. Sus antiguas murallas son aún potentes; en su extremo inferior, convergen en una torre alta que domina un torrente caudaloso. De hecho, esa torre había sido el campanario de una iglesia fortificada, construida fuera del recinto propiamente dicho de la ciudad. Hemos fundido sus campanas; mezcladas con plomo, hacen balas pequeñas y penetrantes para nuestras culebrinas. Por debajo de la «proa de la galera», es decir de la antigua iglesia, el río que baja desde Orce se une al que viene de Huéscar antes de echarse en el torrente impetuoso que transita a lo largo de una pequeña llanura hacia Castilleja. En otros tiempos más sosegados, las murallas de Galera habrían bastado para su defensa, pero sé que tarde o temprano deberemos enfrentarnos con la artillería pesada de los nazarenos. Además, disponen de pólvora suficiente para horadar el terreno, colocar minas y volar las murallas mejor construidas. Conozco una contramedida mortífera; cuesta mucho trabajo, pero aquí no faltan brazos y voluntad de luchar. Al aparecer la luz del día siguiente, iniciamos la obra.

He trazado un plano detallado de la ciudad y establezco una red de comunicaciones entre cada casa, de tal forma que si los nazarenos derriban nuestras murallas, deberán atacar las casas una por una sin poder arrinconar a nuestros combatientes, que podrán desplazarse rápidamente de una casa a otra a través de pasadizos cuidadosamente disimulados. Cada combatiente deberá saberse de memoria la situación y los recorridos de la red de pasadizos con el fin de no vacilar en combate y poder arremeter por sorpresa contra el enemigo. Dispongo los accesos exteriores de tal suerte que podamos golpear o aislar a los atacantes gracias a los ángulos rectos formados por las casas con relación a las calles.

La obra avanza rápidamente porque incluso las mujeres y los niños nos ayudan, preparando el mortero y la arcilla mientras los hombres traen piedras y las tallan de manera basta para que se mantengan por su propio peso. Podemos perforar un gran número de pasadizos en el mismo cerro, pues Galera descansa sobre una mezcla seca de tierra pedriza bastante fácil de cavar pero que se mantiene sin necesidad de soportes.

Por una vez, no escasean los víveres. Los silos de Galera están a tope y el agua es abundante. Cuando los pasadizos estén terminados, los recubriremos con el mismo material que las casas para que resulten invisibles desde fuera.

El día 25 de diciembre, la obra está terminada. Celebramos el primer aniversario de nuestra libertad. ¡Un año ya! Un año desde que lanzamos aquel malaventurado ataque contra la fortaleza de Alhambra, pero después de aquella noche nefasta, ¡cuántas victorias! Desde Muhammad XII el Bravo, los creyentes no habían luchado con tanta habilidad y con tanto valor. Un año... el tiempo se dilata: Galera deberá vencer o ahogar nuestras esperanzas en su propia sangre. ¡Galera! El nombre parece predestinado, y pienso a los nuestros que sufren y mueren bajo el látigo, encadenados a sus remos en las galeras nazarenas.

El tiempo se dilata al ritmo lento e inexorable de la interminable columna que se dirige hacia Galera. Don Juan de Austria ha asumido el mando supremo del ejército nazareno. Nuestros espías traen malas noticias de Granada. Para inaugurar su campaña contra nosotros, el bastardo austriaco había sitiado Güejar. El 23 de diciembre, nuestra ciudadela estaba cercada. El de los nuestros que estaba al mando de la guarnición seguía siendo al-Shuaibi. Entre sus capitanes, había uno que tenía el mismo nombre cristiano que yo: el Partal. Simple coincidencia que no debía traerle suerte, porque al-Shuaibi era orgulloso, temerario y de ideas cortas. Con el asentimiento de nuestro rey, el Partal le había enviado un mensaje aconsejándole abandonar Güejar y replegarse, con hombres, armas y víveres, sobre Galera. Pensaba, desgraciadamente con razón, que la proximidad de Güejar con Granada hacía imposible su defensa contra las fuerzas del bastardo. Con su acostumbrada soberbia, al-Shuaibi se negó a abandonar su fortaleza. A pesar de mis consejos y de mis ruegos, las defensas de Güejar habían sido reforzadas con trincheras orientadas hacia Granada. Atacados por la retaguardia, donde no se lo esperaban, los nuestros intentaron huir hacia lo alto de las montañas con mujeres e hijos, pero cayeron como era de esperar en una trampa nazarena. Lamentablemente, estúpidamente, Güejar se perdió. Insuficientes y mal orientadas, sus defensas no sirvieron de nada. Para proteger a su mujer, uno de los nuestros le quebrantó la cabeza a un célebre capitán nazareno llamado Quesada. ¡La verdad, bien poca cosa!

Me entero de que don Luis del Marmol y Carvajal ha sido nombrado máximo responsable de la artillería y de las municiones del bastardo. Lo conozco bien porque antiguamente había sido amigo de mi padre antes de serlo mío. Es un nazareno natural de Granada a quien debo mucho y que habla el idioma de los creyentes a la perfección, un veterano de las guerras africanas del rey y emperador Carlos. Lamento sinceramente que ahora sea mi enemigo. Dentro de muy poco, su artillería escupirá muerte y desolación sobre Galera.

Las desgracias son gregarias. Mi adalid de monfíes, Farax ben Farax, antiguo gran visir de Abenhumeya, está entre los fugitivos. Nuestro nuevo rey, Abenaboo, lo había destituido y reemplazado primero por al-Maleh, luego por Hernando al-Habaquí, quien está ahora al mando de todos nuestros combatientes. Farax se encontraba en Güejar en el momento del desastre. Su rostro tenía el aspecto de una terrible pesadilla, hasta el punto de que nadie se atrevía a acercarse a él. Su tragedia resume la de todos los creyentes de al-Ándalus: tras un golpe de mano atrevido contra el nazareno, había tomado refugio, con un compañero desleal, en una caverna de la Alpujarra. Mientras dormía, el traidor le machacó la cara con una piedra. Así rozó la muerte el gran visir de Abenhumeya, a imitación de su rey, cobardemente traicionado por un asesino a sueldo de los nazarenos. Creyéndole muerto, el traidor fue a rendir cuentas de su crimen al arzobispo de Granada, quien le hizo un recibimiento de héroe. Cuando el asesino reclamó el precio de su traición, el arzobispo declaró que su recompensa le sería pagada por el presidente del Santo

Oficio de Granada. El pobre imbécil se dirigió a éste y no se ha vuelto a oír más de él. Según parece, Farax se ve obligado a utilizar un tubo metido en el orificio que le sirve de boca para poder alimentarse. Ahora dicen que va de pueblo en pueblo pidiendo limosna. Quisiera socorrerle, abrazarle, guardarlo a mi lado y escuchar sus consejos. ¿Tendrá mejor suerte al-Habaquí, nuestro flamante gran visir?

A finales del mes de diciembre, nuestros espías me informan de que Luis del Marmol acaba de salir de Baza. Viene hacia Galera con setecientos carruajes y mil cuatrocientas mulas. Su hermano Lorenzo es el encargado de distribuir nuestras mujeres y nuestras hijas a los cazadores de esclavas. Los espías aseguran que bajo su férula, se dan oscuras orgías cerca de Baza, en el castillo de Gor. Convoco a las mujeres de Galera delante de la mezquita y les dirijo la palabra:

—¡Mujeres de Galera! El enemigo sanguinario se acerca. Si la victoria no nos favorece, nuestros hombres tendrán una muerte honorable e irán a reunirse con sus antepasados en el paraíso. Pero vosotras que sois nuestras madres, nuestras compañeras y nuestras hijas, vosotras que habéis luchado con manos desnudas para defender a vuestros hijos, a vuestros maridos, a vuestra tierra y a vuestra fe, vosotras que sois el honor de los creyentes, conoceréis una suerte mil veces más terrible que la nuestra. Tras haberos ultrajado y mancillado, los devoradores de puerco os encerrarán en el castillo de Gor para distribuiros, a vosotras y a vuestras hijas, a los asesinos de vuestras familias. Tras haber profanado vuestros cuerpos, os venderán a otros borrachos bebedores de vino que se ensañarán con vosotras. Nunca he dudado de vuestro valor, pero la batalla de Galera será decisiva. ¡Vuestra suerte está entre vuestras propias manos! Más que nunca, debéis luchar al lado de vuestros hombres. ¡No dejéis que la victoria se os escape! Cuando llegue el momento supremo, ¡recordad cuan dulce es la muerte comparada con el lecho inmundo de un nazareno!

Reciben mi discurso primero con un largo silencio. Luego, un murmullo se va amplificando. Finalmente, miles de gargantas arrojan al cielo un bramido de rabia homicida. ¡Cuidado, mucho cuidado con la leona granadina que defiende a sus cachorros! Las mujeres hacen cola delante del arsenal y hago distribuir todas nuestras reservas de armas. No son suficientes pero las mujeres no me hacen mentir: están dispuestas a luchar con las manos desnudas. Impresionados, los hombres les ceden quien una ballesta con sus dardos, quien una pica o simplemente un cuchillo. Entre los niños, los que son pastores harán uso de sus hondas. Una niña llora porque no tiene honda como su hermano mayor. Dice que también ella es pastora y que tiene derecho a participar en la lucha. Le pido a un ballestero que le ceda la honda que lleva colgando del hombro, y su bolsa de guijarros. El hombre enjuga con ternura las lágrimas de la pequeña y le da su honda y la bolsa. Le pido su nombre. Sonríe tímidamente antes de zafarse corriendo con su botín: *Ana bint Quzmān. Ismi Karima.*

Karima, hija de Quzmān, tiene ojos verdes. Es muy hermosa. Pienso con nostalgia en los ojos también verdes, un poco más claros, de Elvira. Pienso en la mirada negra y candente de mi pequeña Leila, a quien no he enseñado a manejar una honda. Cobardemente, estoy aliviado de saberla en seguridad con su abuela, allá en Loja.

Mientras tanto, Marmol prosigue su marcha sobre Galera. Antes de unirse con el grueso de las fuerzas del bastardo, debe atravesar la llanura de Baza, que es de regadío. Doy la orden de abrir de noche todos los canales de irrigación.

Sobrecargados con cañones y municiones, los carruajes de Marmol se hunden en el barro y pierden un tiempo valioso, porque pronto debería nevar. Pero al iniciarse el mes de enero, nuestra mejor aliada, la nieve, no acude a la cita. Hace demasiado frío. Marmol puede salvar sus carruajes y la vanguardia nazarena ya está a un día de marcha de Galera. Nuestros vigías dicen que la columna enemiga se estira a pérdida de vista. Debemos aprovechar los accidentes del terreno para atacar su retaguardia e intentar destruir algunas piezas de artillería antes de que puedan anclarlas en las alturas alrededor de Galera.

Atacamos de noche. Nos acercamos silenciosamente, siguiendo lo alto de los collados; luego nos escindimos en dos grupos. Hago diversión en el centro del campamento nazareno, con una compañía de arcabuceros y diez ballesteros, mientras los turcos, que son excelentes artilleros, intentan volar algunos cañones en retaguardia. Apuntamos a los vigías. Esta primera descarga es la señal convenida con los turcos; ellos atacan silenciosamente mientras nosotros armamos todo el alboroto posible. Los nazarenos, muy turbados, se precipitan sobre sus armas y convergen hacia nosotros. Nuestros arcabuceros se relevan para que el tiro sea continuo. Los nazarenos están en plena luz a causa de los fuegos del campamento, mientras a nosotros nos amparan las tinieblas. Se oyen varias explosiones; cuento hasta diez. ¡Dios es grande, los turcos lo consiguieron! Iniciamos la retirada por pequeños grupos, que salen por intervalos de cinco minutos. Poco a poco, mis hombres se desvanecen en la noche oscura. Al final, sólo quedan conmigo los ballesteros cuyo armamento, más ligero, les permite desplazarse con más facilidad que los arcabuceros. De aquí a unos instantes esto se convertirá en un infierno, porque centenares de arcabuceros nazarenos están tomando posición frente a nosotros. Doy la señal y en dos brincos estamos en las alturas. Las rocas y la oscuridad amparan nuestra retirada. No hemos tenido ninguna baja y espero que haya sido también así entre los turcos. Sé que en Galera algunas guapas empiezan a balbucear palabras tiernas en turco, y no sería conveniente hacerlas llorar. Poco antes del alba estamos todos reunidos en Galera. Los turcos confirman haber tenido tiempo suficiente para cargar, obstruir y volar diez cañones pesados. El más fuerte trajo consigo una hermosa culebrina adornada del águila bicéfala; los demás han traído cada uno un barril de pólvora. Les doy un abrazo y les advierto que una pequeña lección de turco no les vendría mal a quienes yo me sé. Sin más tardar van adónde se les espera. ¿Vivirán para ver crecer a sus hijos?

Hago despertar a mis capitanes de caballería. Acto seguido, salimos la caballería y dos compañías de ballesteros. A menos de una legua de Galera, el camino seguido por los atacantes da sobre un espacio abierto pero relativamente estrecho, limitado a un lado por el torrente que baja desde Galera. Nosotros tenemos la ventaja porque podemos elegir el número de adversarios que habremos de enfrentar durante un ataque relámpago. Los ballesteros toman posición a poca distancia en las alturas. Esperamos cerca de una hora antes de que aparezcan los primeros jinetes nazarenos en la llanura. No se percatan de nuestra presencia, porque estamos ocultos detrás de las peñas y de un codo en el camino. La caballería adversa ha transitado las tres cuartas partes del espacio abierto cuando levanto mi espada. Bajarla será señal de ataque.

Otra vez más, el efecto de sorpresa es total. Antes de que los nazarenos hayan tenido tiempo de reaccionar, decenas de cabezas ya han rodado sobre la tierra helada. Mi Leona hace maravillas. Está sedienta de sangre, siento que vibra en mi mano. Veo a un capitán adornado con la cruz sangrante de la orden de Santiago. Él también me ve y arremete impetuosamente. Lanzo mi caballo contra él. Al momento de cruzarnos, su espada cae en vacío. No le doy tiempo de darse la vuelta: me enderezo y su cabeza vuela, aureolada de sangre. Doy media vuelta y envaino la hoja teñida de escarlata: es señal de retirada. Nuestros jinetes vuelven hacia Galera a galope tendido. Los jinetes nazarenos los persiguen berreando su grito maldito: «¡Santiago y cierra España!». Nuestros ballesteros los esperan un poco más lejos. Un poco más... más... De repente, tal un nubarrón de serpientes brotando del infierno, las saetas envenenadas hacen oír su silbido. En el mismo instante, nuestros jinetes dan media vuelta y cargan. Algunos nazarenos intentan huir, pero ya estamos sobre ellos. El desorden es indescriptible. Los fugitivos caen, se ahogan en el torrente o chocan contra el grueso de la caballería nazarena. Sus arcabuceros se pierden en el tumulto y no pueden dispararnos sin alcanzar a los suyos. Aprovechamos la situación para desencadenar una matanza mientras nuestros ballesteros se retiran. Cuando siento que mi Leona está saciada, la devuelvo a su vaina. Ya es tiempo de volver. Nuestros caballos serán bien frotados con paja, después, aliviarán su sed y recibirán doble ración de avena porque hoy se han comportado bien. Mi Leona hace sus abluciones en un pequeño canal de agua clara. Su hoja recobra su pureza mientras el agua borra el último recuerdo de treinta y cuatro adoradores de la muerte.

# IX

## LA CAÍDA DE GALERA

9 de enero de 1570. A pesar de todos nuestros esfuerzos, los nazarenos construyen parapetos detrás de los cuales emplazan inexorablemente su artillería pesada. Nuestros arcabuces no pueden alcanzarlos detrás de ese cobijo. Día y noche, salimos y atacamos para intentar impedir que terminen de cerrar ese círculo de fuego, todo en vano. En la niebla de un alba gélida, sus bocas de fuego hacen oír su voz atronadora. Los nazarenos han construido un pontón sobre el río y lo han pasado con dos cañones pesados. Así pueden bombardear el campanario de la antigua iglesia desde bastante cerca como para abrir una brecha estrecha. Los nazarenos dan el asalto pero los nuestros resisten encarnizadamente. Debemos dar muestras de querer conservar ese campanario cueste lo que cueste. Los bebedores de sangre creen que al tomarlo y dominar la ciudad con su artillería el asedio habrá terminado. Nos conviene que crean eso. Muchos nazarenos caen al río, pero los nuestros ceden terreno ante fuerzas muy superiores. Finalmente, los nazarenos se hacen dueños del campanario. Dos escuadrones de arcabuceros nos

mantienen a distancia desde lo alto de la torre mientras sus ingenieros cavan una zanja para proteger las idas y vueltas de los relevos y del abastecimiento.

El tiro de artillería se hace constante. Nuestras murallas y nuestras casas no pueden resistir; las brechas hacen creer a los nazarenos que podrán pasar las murallas como lo hicieron en el campanario que acabamos de perder. Lanzan su asalto. Esta vez, los dejamos pasar. Se meten en nuestra red defensiva sin percatarse del peligro, porque aún no han entendido que, incluso desde lo alto del campanario, sus cañones no pueden nada contra nuestro sistema de defensa. Las calles y las casas de Galera se convierten en trampas mortales que se cierran al paso de los nazarenos, porque los nuestros ocupan las brechas para imposibilitar su vuelta atrás. Atrapados entre dos tiros cruzados, los nazarenos no tienen posibilidad de defenderse contra un enemigo invisible. Tras una lucha desesperada, algunos supervivientes quieren rendirse. Entre ellos, reconozco a un oficial que ostenta la cruz sangrante de la orden de Santiago: es un castellano rico, natural de Talavera de la Reina. Don Juan Pacheco debe su fortuna a la venta de nuestras mujeres. Lo entrego a las mujeres. En un instante, sus restos aún palpitantes se esparcen a lo largo de cien pasos. Las mujeres no le dan siquiera tiempo para gritar. Sólo el Misericordioso puede juzgar.

A pesar de todo, los nazarenos no se desaniman. Por la mañana del día 20 de enero, miles de infantes campean con sus estandartes frente al antiguo fuerte. ¿Será para dar el asalto por ese flanco? Tengo un mal presentimiento. Aparentemente, los nazarenos han elegido el lugar más escarpado para su asalto final. ¿Y si fuera una artimaña? Entonces podría tratarse de una diversión. Teniendo en cuenta esa posibilidad, dedico setecientos hombres, entre arcabuceros y ballesteros, a la defensa de ese frente, pero situándolos a cierta distancia de la muralla por si sus cimientos estuvieran minados. Conservo el grueso de nuestras fuerzas en la parte más alta de la ciudad, de manera que pueda intervenir rápidamente, venga de donde venga el asalto final.

Una explosión prodigiosa levanta la tierra. El ala exterior del castillo, cien pasos de muralla y varias casas desaparecen de pronto, sepultando a trescientos de los nuestros en medio de un ruido ensordecedor. Algunos logran escapar e intentan alcanzar la parte alta de la ciudad bajo el fuego incesante de los arcabuceros nazarenos. Entonces se oyen gritos de «Santiago y cierra España»: los infantes inician el asalto y pasan por encima de las ruinas humeantes de la muralla. De nuestro lado, el sistema de defensa está prácticamente intacto a pesar de la enorme explosión. Desde el mismo momento en que alcanzan la primera línea de casas, los nazarenos caen otra vez más en la trampa de nuestro tiro cruzado. Deben avanzar de casa en casa, con grandes bajas. Si por ventura alguno se pone a descubierto, nuestras mujeres se encargan de apedrearlo sin piedad. Un valiente oficial nazareno planta el estandarte del bastardo, con su águila bicéfala, sobre un trecho de muralla que sigue en pie, pero ya he lanzado el contraataque. Una mujer se yergue, magnífica, sobre las ruinas de una casa. Su honda da tres vueltas y el oficial cae envuelto en los pliegues de su estandarte. La mujer recoge tranquilamente su trofeo mientras los nazarenos supervivientes huyen despavoridos hacia sus trincheras. Entre los centenares de caídos nazarenos, contamos no menos de dieciséis oficiales superiores. Dedicamos el resto del día, luego la noche, a intentar hallar supervivientes entre los que quedaron sepultados en los escombros, y a reparar la enorme brecha abierta por la mina nazarena. Por suerte, la arcilla y el adobe de Galera pesan menos que otros materiales de construcción, como la piedra o el ladrillo, por lo que hallamos buen número de los nuestros aún vivos bajo los escombros de las casas. En muchos casos, sólo sufren del susto. Nuestros muertos han sido vengados; aún tenemos que echar setecientos treinta y cuatro cadáveres nazarenos al río. Se alejan, arrastrados por el torrente hacia Castilleja.

Durante los días siguientes, los restos del castillo y la ladera del alcor se asemejan a un hormiguero. Trabajamos con la máxima celeridad para que nuestras defensas estén en condiciones de resistir el próximo embiste de la bestia nazarena; mientras tanto, ellos entierran minas. Ambos bandos trabajan por relevos, día y noche. Los disparos se hacen escasos. Pregunto a los turcos: ¿Sería bueno cavar contraminas? Contestan que han examinado los efectos de la gran explosión, y han hallado que la línea de menor resistencia no parece dirigirse hacia lo alto sino hacia el exterior, siguiendo una línea diagonal partiendo del punto de colocación de la mina. Por lo tanto, lo mejor sería seguir reparando nuestras defensas y colocando al grueso de nuestras fuerzas en la zona alta de la ciudad, caso de que se produjera otro ataque similar al anterior. Dicen que la lógica requiere que los nazarenos concentren sus infantes en algún punto cercano y por tanto visible, antes de dar fuego a sus minas. Siendo así, tendremos tiempo para tomar las contramedidas que convengan. Tengo mis reparos, pero los callo y acepto el argumento de los turcos porque, para alcanzar las minas nazarenas, tendríamos que cavar a más de cuarenta varas de profundidad. Pese a todo, pido voluntarios para intentar un golpe de mano contra los minadores enemigos. Quinientos hombres se ofrecen; elijo a doscientos veteranos que ya han participado en muchas emboscadas contra el nazareno. Salen después de la puesta de luna. Pasada media hora, suena la alarma en el campo nazareno. Los nuestros no tardan en volver, las manos enrojecidas por la sangre de los ingenieros que dirigían las labores de minería. Éstos tenían escolta armada y tuvimos que luchar cuerpo a cuerpo antes de poder exterminarlos. Esa fue la razón por la que los nazarenos dieron la alarma, al darse cuenta del tumulto al interior de las galerías. Perdimos catorce hombres valientes y experimentados. El sacrificio fue inútil, porque los nazarenos siguieron con su trabajo como si no hubiera ocurrido nada.

El día 4 de febrero amanece a cañonazos. Escupidas por cuatro baterías distintas, las balas convergen sobre las defensas que acabamos de reparar y sobre el castillo. Todos sabemos que esta jornada será decisiva. A pesar del frío reinante, hay sudor sobre nuestras frentes. Las municiones escasean, y casi no nos queda pólvora. Deberemos luchar cuerpo a cuerpo. Mi Leona espera el momento de entrar en acción. ¿Estaré aún con vida para purificar su hoja después de la batalla? Todo depende de la profundidad de las minas y de la presión ejercida sobre los barriles de pólvora. Los infantes nazarenos forman sus batallones. De nuestro lado, cada uno deberá luchar contra diez enemigos. La caballería adversa se ha desplegado alrededor de la ciudad, sin duda para cortar el paso a los nuestros si intentan huir. Nuestros combatientes, hombres y mujeres, esperan en el corazón aún vivo de la ciudad. Están dispuestos a avanzar a penas hayan explosionado las minas.

Una explosión, luego otra: un verdadero seísmo sacude la ciudad. Esperamos una tercera explosión. El tiro incesante de la artillería nazarena no amainará antes de que sus infantes suban al asalto; esa es la señal que esperamos para ocupar nuestros puestos, si es que aún existen. De pronto, me doy cuenta de que algo ha cambiado sobre las murallas del castillo. ¡El estandarte! Nuestro estandarte rojo ya no está. Ninguno de los nuestros se hubiera atrevido a quitarlo. A pesar de los cañones que siguen batiendo la ciudad, doy la señal de ataque. Bajo el fuego de sus propias baterías, los nazarenos han ocupado ya la parte alta del castillo. ¡Nos han engañado! Intentamos reconquistarla, pero nos vemos repelidos hacia abajo, donde la poterna mayor sigue en pie. El momento en que nos reagrupamos, la artillería adversa concentra su fuego sobre nosotros con una precisión diabólica. Gran número de los nuestros yacen entre los escombros antes de haber podido medir su valor contra el de los bebedores de sangre. La infantería nazarena sumerge nuestras defensas y nos obliga a retroceder, paso a paso, casa por casa, hacia lo alto de la ciudad. Cada nazareno que cae, la garganta abierta por mi Leona, es sustituido en el mismo instante por otros dos. El suelo se hace resbaladizo y viscoso; creyentes y nazarenos mezclan sus sangres en el fango antes de emprender viajes divergentes en el más allá. No hay cuartel. No oigo gritar a ninguna mujer. Luchan y mueren a nuestro lado, como nosotros, en silencio. Veo a un grupo de mujeres y de niñas un poco más abajo; les rodea una manada de infantes. No conocerán la esclavitud: en un instante, los adoradores de la muerte han cumplido.

Formamos una última línea defensiva en la cima de la ciudad. Ahora sé que mi Leona no volverá a purificarse en el agua del pequeño canal. Ya no somos más que un puñado de hombres. Los nazarenos rematan a los heridos y degollan a los niños ante nuestros ojos. Ya no cuento las víctimas de mi Leona; estoy cubierto de sangre nazarena de la cabeza hasta los pies.

Finalmente, la nada.

—Francisco! ¡Francisco!

La llamada se insinúa en el zumbido que me satura la cabeza. ¡Francisco! Creo que mi cabeza va a estallar. Ahora lo recuerdo: estaba luchando contra una marea de nazarenos. Debí recibir un golpe en la cabeza. No lo vi venir. ¿Por qué me llaman Francisco? Abro los ojos. Hace noche oscura. Estoy solo en una jaula de mimbre. Intento incorporarme. Tengo náuseas. ¡Francisco! La voz susurra detrás de mí. Me doy la vuelta lentamente. ¡Ay, mi pobre cabeza! Yo también susurro: ¿Quién eres? La voz contesta simplemente: ¡Ven! Mi jaula está abierta en esa extremidad. Me arrastro a duras penas y salgo, pero no me puedo mantener de pie. El hombre que me llama Francisco me asiste. Apoyándome en él, paso al lado de varias tiendas de campaña. ¡Estoy en el campamento nazareno! Ese descubrimiento me devuelve algo de fuerzas; ahora sí me puedo mantener de pie. Sigo al desconocido sobre la carretera de Castilleja. Al cabo de un momento, me hace sentar sobre una piedra. La luna se ha puesto, pero el cielo estrellado permite distinguir la silueta del hombre que se mantiene de pie y me extiende un saco y una espada. ¡Mi Leona!

—¿Quién eres?

—Te devuelvo tu espada, como es debido a un caballero valiente y honrado. También te he traído víveres. Soy Luis del Marmol, amigo de tu padre y tuyo. Tienes suerte de que esté aquí, teníamos orden de quemarte vivo mañana, delante de toda nuestra gente.

—¡Don Luis! Don Luis... ¿Qué ha sido de los demás?

—No hay supervivientes. Estabas tan cubierto de sangre

que ni yo pude reconocerte, pero reconocí tu Leona. Su Alteza desea hacer de ti un ejemplo.

—Entonces... ¿por qué?

—Porque habéis luchado con valentía. Porque estoy asqueado por esta masacre de mujeres y de niños que echa nuestra honra por los suelos. He recibido personalmente la orden de arrasar Galera, de arar su suelo y de sembrar sal, como hicieron los romanos con Cartago. Bien lo has de saber, puesto que fuiste allí por recomendación mía.

—¿Sufrirá usted en mi lugar?

—De ninguna manera. Me tomé el trabajo de cortar el mimbre desde el interior, para que crean que lo hiciste tú. Pensarán que tenías una daga oculta en tus vestidos. Estabas tan cubierto de sangre que te echaron en la jaula sin más miramientos. He vuelto a colocar la cadena y la cerradura como estaban; nadie puede sospechar de mí. Soy además un veterano de las guerras contra el infiel y soy el encargado del abastecimiento de los ejércitos de Su Alteza. No te preocupes por mí. Ahora vete y que Dios te guarde.

—Usted dice que la masacre le asquea, pero debe saber que para nuestras mujeres y nuestros hijos, es un mal menor.

—Lo sé. Te comprendo. Sois unos rebeldes contra Dios y Su Majestad, y merecéis castigo. Pero la corrupción, la bestialidad y las matanzas de niños inocentes mancillan nuestro honor. Francisco, juro ante Dios que todo eso se sabrá. Los crímenes que manchan nuestra causa serán minuciosamente descritos y publicados. Las generaciones futuras podrán juzgar vuestros actos y los nuestros con pleno conocimiento de causa.

—¿Quién será el valiente cronista?

—Lo seré yo. Vete ahora. No puedo ausentarme más tiempo.

Me levanto. Quiero abrazarle, o besarle la mano, pero ya se aleja. Bajo lentamente hacia el río. Al fin y al cabo, mi Leona hará su ablución de mi mano.

# X

# LA VICTORIA DE SERÓN

Gracias a los turcos de Argel, pudimos armar a doscientos cincuenta arcabuceros. Tres naves turcas habían conseguido burlar la vigilancia de las galeras nazarenas, al poniente de Almería, y atracar en aquellas playas desiertas. Las esperábamos y pudimos desembarcar armas, pólvora y municiones. Teníamos incluso tres culebrinas, y todo ese tesoro estaba almacenado en Serón.

Abenaboo, nuestro rey, me entregó el mando de esos arcabuceros y de quinientos ballesteros para tenderles una trampa a los nazarenos en las alturas de Serón. Nuestra guarnición de Serón resiste todavía pero, según nuestros espías, los nazarenos han recibido la orden de atacar y tomar Serón a cualquier precio. El bastardo austriaco quiere esa plaza porque ocupa un lugar estratégico sobre la carretera que une Baza con Huércal-Overa, cerca del puerto de Almería. Por desgracia suya, la ciudadela fue construida por nuestros mejores arquitectos en la punta de un peñón inexpugnable, bañado por el río al-Mansur. Además, las fortificaciones están en perfecto estado. El valle de al-Mansur fue el escenario de una de las mayores victorias de nuestro buen rey Abenhumeya. Resulta fácil defender Serón contra fuerzas enemigas muy superiores.

La lógica requiere que aumentemos nuestras fuerzas en Serón, pero el desastre de Galera sigue muy presente en todas las mentes. Ese precedente demuestra lo justificados que fueron mis consejos al rey Abenaboo. Naturalmente, estoy de acuerdo en que no debemos abandonar nuestras últimas plazas fuertes, porque amparan a nuestras mujeres, a nuestros hijos y a nuestros ancianos. Lo que digo, es que debemos defender esas plazas con fuerzas reducidas pero muy bien adaptadas al terreno. En otras palabras: debemos conservar la movilidad de nuestros combatientes sin encerrarlos nunca en el interior de un recinto susceptible de convertirse en una trampa mortal. De no actuar así, caeremos todos víctimas de los artilleros y minadores nazarenos, como nos ocurrió en Galera. Mi propuesta ha sido aprobada por el rey y por el gobernador al-Habaquí, quien estará personalmente al mando de esa operación.

Quinientas mujeres se declaran voluntarias y saldrán con mis compañías. Algunas irán acompañadas por sus hijos. Serán las encargadas de hacer caer rocas sobre los nazarenos. No disponemos de pólvora suficiente para fabricar minas, por lo tanto debemos contar con el valor y el arrojo de nuestras mujeres. He de reconocer que se han convertido en nuestras combatientes más feroces: ¡ay del nazareno que tiene la desventura de caer entre sus dulces manos!

Hemos elegido una hondonada sin salida, rodeada de grutas, en el flanco de una de las montañas que dominan Serón. En el extremo superior de la hondonada, construimos un parapeto. Los niños se meten allí con nuestros estandartes. Se ponen turbantes y cascos para que los devoradores de puerco crean que nuestras fuerzas están atrincheradas allí con un fuerte contingente turco. Cinco chavales despabilados tienen chirimías y tambores. Los tocarán en honor de los nazarenos. Cuando éstos estén dentro de la nasa, los atacaremos por donde menos se lo esperan, antes de que puedan alcanzar a nuestras mujeres y a nuestros hijos. Tenemos agua y víveres almacenados en las grutas; lo suficiente para aguantar quince días.

Ya salió el ejército nazareno de Baza. Escindido en dos columnas, está siguiendo la cuenca del río al-Mansur en ambas orillas. Nuestros espías aseguran que vienen por lo menos dos mil arcabuceros y doscientos jinetes, con el bastardo en persona a la cabeza de una de las columnas. Hago vaciar la ciudad de Serón de todos sus habitantes. Las puertas permanecen abiertas; todos los no combatientes toman refugio en el interior de la ciudadela, con una pequeña guarnición. Señales de humo parten de la torre del homenaje para alertar a al-Habaquí, en Tíjola, y a los nuestros que esperan en Purchena. Están avisados: bajo el mando de al-Habaquí, seis mil hombres atacarán por sorpresa ante el mismo Serón.

Una de las dos columnas nazarenas entra en la ciudad de Serón sin hallar resistencia alguna. Se comporta como lo habíamos previsto: los soldados se entregan al pillaje de las casas abandonadas, sin preocuparse de dar el asalto contra la ciudadela. Podemos contar siempre con la avaricia del nazareno.

La otra columna nazarena ocupa un otero de tamaño mediano frente a Serón. Sus estandartes delatan su calidad de escolta del bastardo. En el momento preciso en que al-Habaquí entra por sorpresa en Serón, un destacamento de mis ballesteros provoca a los hombres del bastardo para que se echen en la trampa. De momento, guardo a mis arcabuceros de reserva para aumentar el efecto sorpresa. Acompaño a los ballesteros porque disfruto provocando a esos carroñeros. Les damos a penas tiempo para oír el silbido siniestro de las saetas envenenadas que les disparamos. Al caerse, un soldado suelta un grito agudo, parecido al de un niño. Un jinete sale a galope tendido, se supone que para pedir refuerzos a los que acaban de entrar en Serón. Ahora ya no se atreven a mostrar sus morros, pues los más atrevidos ya han recibido su ración de dardos y se están muriendo despacio. La más mínima rasgadura asegura una muerte lenta y dolorosa. A cada instante, renovamos el veneno de nuestras saetas.

Nuestra paciencia está siendo puesta a prueba. Los nazarenos se dan cuenta de que algo anormal está pasando en Serón. Colocan a sus arcabuceros en batería y se preparan lo mejor que pueden para pasar una mala noche. Nos consta que no puede tratarse de soldados profesionales, sino más bien de traficantes de esclavas. Mejor así: tenemos una vieja cuenta que ajustar con esa gentuza que vende a nuestras mujeres en los mercados de al-Ándalus. Uno de mis ballesteros sale para avisar a los nuestros en la hondonada, que queda a media hora caminando. Diez minutos después de su salida, mando a otro mensajero por si el primero sufre algún percance. Todos los nuestros saben lo que deben hacer; todo ha sido preparado con mucho esmero. Tras la quinta plegaria y el relevo de los que vigilan Serón y los accesos a nuestra posición, me duermo tranquilamente entre dos peñas, con una piedra plana como almohada. Ese es el mejor de los lechos para un combatiente de la fe.

Es hora de la primera plegaria cuando aparece uno de

nuestros niños. Dice que los dos mensajeros llegaron a buen puerto y que todo está dispuesto. Le pregunto por su edad y me contesta con donaire que los combatientes no tienen edad sino ansias de luchar. Quiere quedarse con nosotros para burlarse de los nazarenos que muy pronto van a perseguirnos hacia la hondonada. Le digo que no disponemos de ninguna ballesta para él. Su respuesta es elocuente: desenvuelve la honda de pastor que lleva alrededor del talle. Coloca un guijarro y lo lanza contra uno de los estandartes nazarenos. El palo se rompe y el estandarte cae a tierra. Se trata quizás de un presagio. El niño tiene la mirada de un hombre maduro. Lo guardo a mi lado.

Los nazarenos inician su avanzada. Vienen hacia nosotros con celeridad. Desde lejos, vemos que sólo llevan armamento ligero; arcabuces y pistolas, además de sus espadas. Van cerca de mil infantes y ciento cincuenta jinetes. Si a esos sumamos los de Serón, si es que aún los hay, nos enfrentamos con poco más de dos mil hombres. Debemos quedar en las alturas para que no puedan alcanzarnos sus jinetes. En estos lugares, el hecho de que no dispongamos de caballería juega en nuestro favor. Al alcanzar las alturas, se ven obligados a proseguir en fila, uno tras otro. Allí, bastan diez hombres para contenerlos, mientras los demás ocupan sus posiciones en la parte inferior de la nasa. Con un poco de suerte, podremos mermar sus filas antes de la batalla.

La columna atrapada en Serón no da señal de vida. Al-Habaquí debió exterminarla. Los del bastardo suben velozmente hacia nosotros, desplegando sus arcabuceros sobre las laderas de nuestra posición. Con un ruido ensordecedor, los arcabuces escupen su carga. En el mismo momento, los jinetes inician la carga. Los recibimos con una nube de saetas envenenadas. El jinete que va en cabeza es alcanzado entre ceja y ceja por un guijarro. Por segunda vez, el estandarte del bastardo rueda a tierra; el ahora difunto jinete lo llevaba en ristre. No hay muertos ni heridos entre los nuestros. El niño que disparó el certero guijarro sonríe. Se me había olvidado pedirle su nombre. Los nazarenos se repliegan mientras nosotros pasamos a duras penas por un paso muy estrecho, entre dos peñones. Ese atajo nos permite llegar antes sobre la otra ladera y esperar a los nazarenos por encima del camino que da acceso a la hondonada. Los jinetes intentan perseguirnos, por lo que se separan de los arcabuceros que siguen más abajo. El lugar está muy bien escogido; cuando los jinetes están a nuestro alcance, hacemos llover rocas. Nuestros ballesteros hacen estragos en las filas del enemigo, que intenta responder, pero sólo dispone de pistolas. Desmontan e intentan ponerse a cubierto mientras suben los arcabuceros, sudorosos y jadeantes. Aprovechamos el intervalo para retirarnos hacia arriba. Al cabo de unos diez minutos, alcanzamos la posición que habíamos previsto. El niño lleva el nombre del profeta; me sigue fielmente, su honda en la mano derecha, dos guijarros en la izquierda. No mintió diciendo que era un combatiente: lo es. Quiere ver mi espada. La desenvaino y digo que su hoja fue forjada, en tiempos de Muhammad XII el Bravo, en los talleres del armero real de Granada. Al oír eso, le brotan lágrimas; dice que debe estar sedienta de sangre nazarena. Me río y contesto que dentro de muy poco podrá beber hasta la saciedad.

Esta vez los nazarenos llegan con los arcabuceros por delante. Le digo al pequeño Muhammad: «Te toca a ti el honor». Se pone de pie y, acto seguido, cae el primer arcabucero sin tan siquiera enterarse de lo que le ha matado. El segundo intenta apuntar pero está muerto antes de poder disparar. Los demás retroceden un poco, pero los jinetes no pueden dar media vuelta por lo escarpado del terreno. Se ven todos obligados a seguir avanzando al descubierto, pues saben que si se inmovilizan, están perdidos. Intentan escalar por la ladera, pero hacemos una verdadera carnicería: veinte hombres caen asaeteados. Los supervivientes se amparan detrás de los cadáveres de sus compañeros caídos y nos someten a un tiro rasante y casi continuo. Ya es tiempo de retirarnos. Los diez hombres que dije bastarán para contener a los bebedores de vino; los demás irán a ocupar sus posiciones del otro lado del desfiladero, en la base de la nasa. Les hará falta un cuarto de hora; entretanto, aquí, aguantaremos sin gran dificultad cualquier embestida nazarena.

Con voz gorda y semblante severo, intento obligar al pequeño Muhammad para que se retire con los demás. Se ríe y me besa la mano, luego la Leona. Dice que sólo me abandonará para ir a bailar con las cuarenta huríes que le esperan en el paraíso de los valientes. Si se marchara ahora, añade, perdería ese divino privilegio.

Los arcabuceros no pueden colocar a más de dos hombres por cada una de las tres filas: la primera tumbada, la segunda arrodillada y la tercera de pie. Antes de poder disparar, éstos últimos son diana de la temible honda de Muhammad. Los demás no representan un gran peligro, porque estamos a la vez por delante y por encima de ellos: el fulgor de sus mechas nos da tiempo suficiente para evitar sus disparos. Como nuestra posición es prácticamente inexpugnable, no nos damos prisa. Al cabo de una hora, sólo han caído los arcabuceros seleccionados por Muhammad. Diez hombres en total. Más abajo, podemos oír caballos inquietos que relinchan. Ya es tiempo de ir a ocupar nuestros puestos en la nasa. Dos por dos, con cinco minutos de intervalo entre cada pareja, los hombres que se quedaron conmigo pasan el desfiladero. Muhammad y yo somos los últimos. Hacemos rodar algunas rocas sobre los nazarenos para retrasar su subida, y pasamos finalmente del otro lado. Alcanzamos a los nuestros mucho antes de que los nazarenos hayan conseguido abrirse camino. La trampa está a punto.

Me espera un mensajero: al-Habaquí me comunica verbalmente que regresa a Tíjola. La canalla que sometía Serón a pillaje ha sido sorprendida y exterminada. La ciudad está cerrada una vez más y defendida por una guarnición de trescientos hombres.

Los nazarenos suben hacia nosotros y empiezan a desplegar sus arcabuceros al pie de nuestra posición. Debemos obligarlos a reagruparse para atraerlos hacia el interior de la nasa que les espera más arriba. Allí donde estamos, no estamos suficientemente protegidos y debemos afrontar un tiro mortífero. Los arcabuces alcanzan una trayectoria superior a la de nuestras ballestas. Caen varios de los nuestros. Poco a poco, nos vamos retirando hacia la altura. Llega el momento en que las peñas nos protegen, obligando a que los nazarenos acorten distancias. Ahora alcanzamos a ver a nuestros valientes niños con sus estandartes en la cima de la hondonada. ¡Cuesta trabajo creer que son niños! Los nazarenos no ven más que los estandartes que ondean al viento mientras nosotros nos repartimos detrás de las peñas.

Me inspiré en las antiguas fiestas de Granada; a los toros se les puede manejar con relativa facilidad, con la condición de fijar su atención en estandartes colorados, pues en esos casos es lo único que son capaces de ver. Había pensado que los nazarenos se comportarían de la misma manera, pero no me atrevía a esperar tanto. ¡Se nos acelera el pulso viendo al enemigo echarse hacia arriba, disparando contra los estandartes como toros dando cornadas al vacío! Metidos los últimos jinetes en la trampa, la cerramos. Mil ciento cincuenta nazarenos están a nuestra merced. Imito la voz clara del almuédano para dar la señal convenida: Dios es grande. La metralla de las culebrinas, el tiro constante de nuestros arcabuces y el alud de rocas provocado por nuestras mujeres provocan un desastre en el campo de los lamedores de tocino. Casi todos los jinetes yacen, rotos y sangrientos. Los pocos supervivientes abandonan sus caballos enloquecidos para tomar refugio entre las peñas, al lado de los arcabuceros que aún son bastante numerosos. Los nuestros los acribillan con balas y saetas envenenadas. Veo que ha llegado el momento de entrar en lidia con mi Leona. Quiero demostrar su potencia al joven Muhammad que sigue a mi lado. Voy saltando de roca en roca, descubriendo nazarenos escondidos, uno tras otro. Sus desconsoladas cabezas van rodando hacia el valle. Un joven oficial hace frente. Es pelirrojo y tiene la barba cuidadosamente tallada. Avanza lentamente hacia mí. Muhammad se aparta un poco para no estorbar mis movimientos. La espada del nazareno refleja la luz del sol; se trata probablemente de una de esas afamadas hojas de Toledo. Ahora veremos lo que pueden los hierros de esa gente contra la Leona. El oficial debe ser un adepto de la escuela milanesa, la del maestro Grassi, porque toma contacto con la Leona y ataca de punta para probarme. Como tantas veces en el pasado, doy las gracias a mi gran amigo y maestro de armas, don Luis del Marmol y Carvajal, al que debo mi conocimiento de las nuevas técnicas italianas. Respondo pues con parada interior y contraataque de filo, pero mi enemigo da contramarcha con tanta velocidad que doy al vacío. El nazareno vuelve entonces con un golpe de punta que desconozco, de la que me salvo a duras penas y con herida en el antebrazo derecho. Entonces ataca de filo; respondo con parada alta. Esa debió ser una diversión para preparar otro golpe de punta, quizás el definitivo, pero al chocar contra la mía, su hoja se parte. Entonces suelta los restos de su arma y baja los brazos. Espera con tranquilidad. Su mirada es limpia: no quiero velarla. Le pido su nombre. Contesta:

—Julián Fernández Dávila.
—¿Eres cazador de esclavas?
—Soy capitán de la guardia montada de Su Alteza.
—¿Está él con vosotros?
—Las altezas no mueren con la canalla.
—¿Y qué haces tú con esa canalla?
—Mi cometido es enseñarles a comportarse como soldados cristianos.
—Entonces serás nuestro huésped hasta mañana. Cuando amanezca, podrás volver con los tuyos. Quiera Dios que hagas de ellos unos soldados dignos de ti.
—Los tuyos son un poco jóvenes.
—¿Muhammad? ¡Es mi mejor soldado!
—Sólo tiene una honda.
—Sólo Dios es grande.
—¿Puedo saber el nombre de mi generoso adversario?
—Shams ben Fares al-Gharnāti.

Don Julián se ha quedado solo. No hay más supervivientes entre los bebedores de sangre; nuestra victoria es total. Bueno... casi total, puesto que Su Alteza el Bastardo no muere con la canalla. Cuarenta y tres de los nuestros han sacrificado sus vidas para vengar los mártires de Galera.

Hoy, día 18 de febrero de 1570, gracias a esta magnífica victoria, nuestro armamento se ha multiplicado por cuatro.

# XI

# LA PASIÓN DE FRIGILIANA

Estamos en un campamento fortificado que domina Uxihar. Saboreamos nuestra recién ganada victoria de Serón, donde cogimos arcabuces milaneses de la mejor calidad posible. El botín ha sido enorme. También tenemos pólvora y municiones. Estamos cegados por una especie de embriaguez. El pequeño Muhammad ha sido felicitado ante todos por nuestro rey Abenaboo, quien le regaló una magnífica daga damasquinada y le llamó Muhammad el Grande. Nos creeríamos vueltos a tiempos del rey Muhammad XII el Bravo. ¡Aún ruge el viejo león granadino por tierras bermejas!

Mi exaltación dura poco. Al anochecer, he de encajar una noticia terrible. Al azar de una conversación, oigo hablar de Frigiliana. Pregunto al que habla. Al principio, no quiere decirme nada. Temo lo peor y, por fin, le arranco la verdad: el peñón de Frigiliana ha sido perdido. Los nazarenos lo tomaron por asalto: el tercio de Nápoles, con el capitán Pedro de Padilla al mando, apoyado por las guarniciones de Málaga y de Vélez, consiguieron hacerse con él tras perder a mil de los suyos. Elvira, mi fiera pelirroja, pereció con todas su compañeras. Combatieron noblemente todas ellas, todo lo que pudieron, y cuando no pudieron más, se arrojaron al vacío antes de caer a manos de los devoradores de cerdos. Esos adoradores de la muerte se ensañaron con sus pobres restos mortales. Han guardado el secreto sobre este suceso desde que lanzamos nuestra campaña victoriosa en el valle de al-Mansura; o sea, ¡desde finales del mes de mayo! Todos los pueblos de la serranía de Bentomiz han sido arrasados. Como de costumbre, los hombres, los ancianos y los niños fueron degollados. Sólo sobreviven aquellas mujeres que no han combatido.

¡Elvira, muerta! ¡Su cadáver profanado por esos bárbaros inmundos, luego abandonado durante meses en algún desfiladero de Frigiliana! No consigo creer en lo que me dicen. La derrota de Frigiliana está afectando mucho a mis compañeros. Están aterrados porque imaginaban, como los buenos combatientes ingenuos que son, que sus victorias se parecían a las de leyendas pasadas, cuando bastaba tener valor y creer en Dios para vencer a los nazarenos a uno contra cien. Empiezan a comprender que no tenemos ninguna posibilidad de vencer a los tercios de Nápoles y de Flandes. ¡Lo sé yo mejor que nadie, desde que los vi obrar delante de Galera! ¡Son soldados aún más feroces y disciplinados que los jenízaros! El peñón de Frigiliana estaba defendido por nuestras mujeres contra esos soldados profesionales reclutados por el rey Felipe y Juan el bastardo con el fin de exterminarnos. Hay rumores insistentes según los cuales habría expulsiones a sangre y a fuego. Parece ser que los nazarenos han recibido la orden de expulsar a todos los creyentes del reino de Granada y de reducir a todas nuestras mujeres jóvenes al estado de esclavitud. ¡Nosotros sabemos lo que eso significa desde hace mucho tiempo! Para nosotros, nada ha cambiado. ¡Lo único novedoso es que ahora, quien se aprovecha de la caza de esclavas es el propio rey nazareno, Felipe!

Debo ir a Loja para avisar a mi madre. Aún está a tiempo para salvarse y salvar a Leila si va a Sevilla y le pide ayuda y amparo a Francisco Guerrero el músico. Le escribo una carta a don Francisco para suplicarle que ayude a Arrusa para que halle la columna de la catedral de Toledo; la que garantiza vida y salvación a los creyentes que tienen la suerte de dar con ella.

Me disfrazo de mendigo nazareno, cojo uno de nuestros últimos burros, un poco de oro, y salgo en plena noche hacia Loja. Llegaré antes de que amanezca. Será día de mercado en Loja, las puertas estarán abiertas antes de que se levante el sol.

¡Mi madre! ¡Tanto tiempo sin verla! Miro sus pechos. Siguen erguidos y firmes a pesar del peso de ocho decenios. Sus pechos que me nutrieron y me dieron vida y amparo contra el frío y el abandono. Arrusa, novia eterna… su cabellera ambarina se ha vuelto blanca como la cima de Mulhacén… Arrusa, madre mía, serás tú quien deberá soportar el terrible peso de mis penas, el vertiginoso dolor del peñón de Frigiliana…

Acaricio su hermosa cabellera nevada, le hablo con dulzura. Entiende y guarda silencio. ¡Hermosa Arrusa! ¿Cómo decirte lo que ya sabes, cómo decirte lo que me corroe las entrañas? ¡*Ya ummi*! ¡Pelearon como leonas! Los nazarenos habían mandado sus mejores sicarios, los infantes de Nápoles y de Flandes, contra nuestras amadas mujeres, madres de nuestros hijos, que defendían el peñón. ¡Fueron magníficas! Cien veces los nazarenos intentaron escalar la ladera del peñón y cien veces nuestras mujeres rechazaron sus ataques, haciendo rodar rocas sobre sus cabezas, hostigándolos con sus hondas, enfrentando los guijarros de nuestros arroyos con el plomo de sus arcabuces. Los cadáveres de los nazarenos caídos cubrían los peñascos mientras su sangre maldita envenenaba nuestra tierra, pero siempre volvían al asalto, porque no podían resistir sus ansias de orgías, de sangre y de muerte con nuestras mujeres. ¡Los caminos de su paraíso pasan por la violación de nuestras mujeres y de nuestros hijos! ¡Sus sacerdotes les prometen la salvación a ese precio inaudito! ¡Ya vuelven los bebedores de vino! ¡Suben al asalto, su valor reforzado por la borrachera! Allí está Elvira, demostrando a cada momento su firmeza. ¡Fiel a su juramento, grita que los nazarenos no la cogerán mientras viva! Da el ejemplo y se tira al vacío. Le siguen las demás y no queda ni una sola mujer viva cuando los nazarenos alcanzan la cima. El nazareno deberá saciarse con cadáveres despedazados. ¿Recuerdas, Arrusa? Eras tú quien salía en defensa de Elvira cuando mi padre aseguraba que jamás su hijo se casaría con una nazarena. Eras tú quien sabía la verdad, quien había sabido leer en el corazón de la que yace ahora, sin sepultura, al pie de Frigiliana. ¡Sabías! ¡Ay de mi Elvira...!

¡Arrusa, madre! No he venido para anunciarte esa desgracia sino para evitar otra. Hay que poner Leila a salvo, hay que ponerte a salvo a ti... no, no digas nada, ¡escúchame! Sólo podré soportar la destrucción de mi gente y mi propia muerte, nuestra derrota a manos de los devoradores de puerco, si te llevas a Leila lejos de esta infamia. ¿Recuerdas a Juan Enríquez? ¿Aquel nazareno que había intentado prevenir esta guerra intercediendo ante el rey Felipe, aquel que a menudo venía a casa nuestra para comprar seda? Yo recuerdo lo que nos había contado un día que mi padre le había invitado a compartir nuestra cena. Nos habló de la catedral de Toledo. Allí estaba mi padre, sentado al lado de don Juan, tras la cuantiosa comida. Yo traía un muestrario de nuestras mejores sedas y don Juan hablaba de las tradiciones nazarenas y de las grandes injusticias que se cometían contra el pueblo de los creyentes. Decía que esas injusticias eran contrarias al espíritu —esa fue la palabra que utilizó— de los Evangelios, que enseñan que se debe amar al enemigo y devolver el bien por el mal. Mi padre asentía con la cabeza sin decir nada. Entonces, don Juan contó lo siguiente, escucha bien: parece ser que, en la catedral de Toledo, hay una columna, una sola columna, que ha sido designada como puerta de salvación para quienes no han podido obtener un certificado de limpieza de sangre. A los judíos y a los creyentes que se agarran a esa columna se les considera inmediatamente como cristianos viejos. El cabildo toledano les da un certificado de limpieza y un salvoconducto firmado por el gran inquisidor en persona. No he podido saber por qué los nazarenos hacen eso, pero el hecho me ha sido confirmado varias veces desde aquella cena con don Juan. Podría ser que los nazarenos otorgan así una escapatoria a sus propias conciencias. Podría darse también que al entender que su mundo es un mundo satánico, hayan querido dejar una puerta abierta a imitación de la que se encuentra bajo la ingle del príncipe de los demonios. Sea como fuere, es un secreto muy bien guardado. Nadie sabe por adelantado cuál de las columnas es la puerta de salvación. Hay que prevalerse de la propia inteligencia para vencer las trampas nazarenas y, sobre todo, hay que confiar en Dios, que vela por sus desdichados fieles. Debes irte con Leila e intentar encontrar esa columna, pero antes debes ir a Sevilla. Es muy importante que lo hagas así porque... sí, lo sé, el gran tribunal de la inquisición está en Sevilla, pero allí está también un nazareno amigo nuestro. Es un hombre bueno, tan bueno como aquel Talavera mitad judío que os casó a mi padre y a ti. El amigo sevillano se llama don Francisco Guerrero y Burgos. Es asistente maestro de capilla de la catedral. Lo conoces porque vino a nuestra boda, ¿sabes? y nos dio su bendición a Elvira y a mí. Hace unos veinte años, cuando don Francisco era aprendiz de músico, estuvo algún tiempo en Toledo para recibir la enseñanza del gran maestro Cristóbal de Morales. Por lo tanto, estoy seguro de que él sabe cuál de las columnas de la catedral os salvará a Leila y a ti. Si no lo sabe, por lo menos será capaz de ayudaros porque no es sólo nazareno, es sobre todo bueno y leal. Si tienes la suerte de escuchar su música, comprenderás que digo la verdad, porque su música refleja fielmente su alma. Te he traído una carta para él, vestidos calientes, algunas monedas de oro y un asno. Debes marcharte cuanto antes, porque los nazarenos van a cubrir nuestro pueblo con cadenas y llevarlo a su perdición Dios sabe dónde. Ningún creyente podrá escapar. Las niñas serán todas vendidas como esclavas tras ser profanadas. ¡Debéis huir! ¡Sin perder más tiempo! ¿Yo…? Tú sabes muy bien que no puedo abandonar a mi rey y a mis gentes. Debemos luchar hasta el final. No puedo actuar de otro modo sin manchar mi honra y la de mi padre.

 Arrusa se levanta. Cuando vuelve, tras unos instantes, le acompaña mi Leila. Mi princesita lleva un pequeño bulto en la que su abuela ha puesto sus enseres más necesarios. Está lista. El sol todavía no se ha levantado. Las puertas de Loja siguen abiertas por el mercado, y sé que no hay guardia porque los nazarenos están todos borrachos. Arrusa puede ponerse en camino sin que nadie la moleste. ¿Podrá llegar hasta Sevilla? No me atrevo a pensar que llegará hasta Toledo. Abrazo largamente a mi princesita y a mi madre.

Arrusa enjuga mis lágrimas con sus mejillas como cuando era un niño. Leila se agarra a mi mano. La subo sobre el borrico. Arrusa recoge su reata y se va sin mirar hacia atrás. Es valiente y tiene porte de reina. No la volveré a ver nunca. Siento que estalla mi corazón. Mi hija, con su cabellera nocturna, me mira con ojos límpidos. ¡Ah! mi madre y su cabellera nevada, que refleja la luz del alba, Arrusa, la novia de ochenta años, demasiado altiva para mirar hacia atrás. Lleva mis lágrimas sobre sus mejillas…

El día 11 de noviembre de 1570, Pedro de Deza da la orden de juntar a todos los creyentes del reino de Granada. Para los nazarenos, el 11 de noviembre es fiesta de los muertos, a los que tienen especial afición. Concentrados primero en las iglesias, hombres, mujeres, niños, ancianos y enfermos salen hacia no se sabe dónde, formando columna con las muñecas sujetas a una cuerda. Las columnas extienden su miseria, su hambre, su sed, su cansancio y su desesperación hacia el norte. Viéndolos en ese trance, pienso que muy pocos llegarán a su destino. No podemos ya nada para socorrerlos.

Debo ir a la ciudad de Granada para enterarme de primera mano de lo que está pasando. Con un poco de suerte, mi disfraz de mendigo nazareno me protegerá. No sé si eso importa; lo que sí sé, es que mientras nuestro rey siga con vida, no me pertenece contestar a esa pregunta. No exenta de ironía, la casualidad hace que se estén acelerando las llegadas de armamento y de combatientes procedentes de Fez y de Argel. Quizás aún podríamos vencer, como en Serón, pero me cuesta creerlo. Serón fue un hermoso sueño. El pueblo creyente ha dejado de ser. Los carroñeros nazarenos porfían por sus restos. Nuestros valientes aliados desembarcan en tierras difuntas.

# XII

# TRAICIÓN

¡Mi disfraz de mendigo nazareno sirve de maravilla! Me tratan con más respeto que cuando era tintorero morisco acaudalado. Desde hace unas horas, las puertas de Granada están cerradas. Nadie sale a menos de tener un salvoconducto firmado y sellado personalmente por Pedro de Deza, o de ser uno de los últimos creyentes libres. Ya no hay más que nazarenos en el Albaicín. Algunos pocos creyentes están ocultos en lo más oscuro de la sombra. No podemos aguantar más. Repentinamente, corre la voz entre nazarenos que nuestro rey ha sido traicionado por uno de sus compañeros más fieles, Gonzalo el Seniz. Me han dicho que antaño, Seniz había querido navegar hasta África en un barco que había conseguido disimular. Abenaboo había dado la orden de quemar el barco porque, según él, nadie debía abandonar la lucha mientras seguía con vida. El Seniz se había tragado el disgusto pero secretamente había jurado vengarse. Con el sigilo del zorro disfrazado de sabio, el Seniz había obtenido de su rey el codiciado puesto de consejero. Codiciado porque indica por parte del rey una confianza inquebrantable. Por esa razón, todos nos fiábamos también de él, y seguía al rey como su propia sombra. Pero de noche las sombras se desvanecen y los traidores preparan sus crímenes mientras los verdaderos combatientes descansan. La mujer y las dos hijas de Abenaboo murieron asfixiadas por el humo de los cazadores de esclavas, en la caverna de Mecina de Bombarón. Doscientos sesenta de los nuestros murieron con ellas. Abenaboo consiguió escapar, pero el Seniz acaba de revelar el lugar exacto de su nuevo escondite, a cambio de un salvoconducto y de unas monedas de oro. Yo también sé dónde se esconde el rey. Debo salir inmediatamente para avisarle de que debe cambiar de escondite sin más tardar. Ha anochecido desde hace dos horas. Me pongo en camino. Con algunos compañeros, eliminamos silenciosamente la guardia de una poterna. La abrimos sin dificultad y salgo solo para recuperar mi caballo y mis armas. Debo darme prisa. Quizás sea demasiado tarde, pero debo hacer todo cuanto esté a mi alcance para imposibilitar esta repugnante traición o, si llego tarde, para vengarla. Subo por el viejo olivar de mi padre, sigo a lo largo de la muralla bermeja y, finalmente, arriba del todo, penetro en la pequeña caverna donde nací. Tiro los andrajos nazarenos de mi disfraz, ensillo mi caballo, recojo mi Leona y me pongo en camino en la oscuridad, arriesgando romper una pata de mi buen corcel. Una vez alcanzado el camino, puedo seguir con más velocidad.

Algunas horas más tarde, una línea blanca muy tenue avisa que se avecina el alba. En la lejanía, oigo la voz de una aldea libre: el llamamiento a la primera plegaria del día. Ya empieza el 15 de marzo de 1571. Sale el sol: vierte luz, calor y vida en los valles.

El sol ya está alto cuando bajo del caballo para contemplar el país que aún es nuestro. ¿Por cuánto tiempo? Intento darle eternidad a este momento de dolorosa plenitud. Las colinas verdes adosadas a las montañas, con sus laderas azuladas y sus inmaculadas cimas nevadas, invencibles guardianas del alma granadina, tan bellas que duelen… ¿cuánto tiempo queda? ¿Cuántos nazarenos deberé vencer antes de caer vencido? Miro a mis pies la tierra bermeja que ha dado color a nuestras murallas y a nuestra memoria… la tierra que piso aún me pertenece… ¿cuánto tiempo antes de que el acero nazareno se desaltere con mi sangre? Entonces me confundiré con la tierra bermeja bajo un cielo de zafiro. Me vence la emoción y lloro ante tanta belleza efímera y tantas imágenes fugitivas del pasado. ¿Cómo podría borrar la familia, la tradición y el pasado arraigados en esta tierra? Hasta donde alcanza mi vista, veo que relumbra el sol sobre el reino libre de Granada. ¿Será conquista nazarena cuando anochezca? Lo sé… todo esto sobrevivirá, pero ya no tendrá sentido. Desenvaino mi Leona. Mi mirada y mi alma acarician su empuñadura, cincelada en tiempos mejores por el armero del rey muley Muhammad Ibn Nasr el Bravo. Su hoja mortífera es tan pura como un manantial de Mulhacén: la sangre de mil nazarenos no pudo corromperla. ¡Sigo en pie y libre! Quien me vería en este instante, creería que el reino de Granada es eterno.

Debo alcanzar a mi rey en su último refugio, allá, del otro lado del valle. Me pongo en camino porque el tiempo se desvanece. Llegan los nazarenos malditos, han comprado el nombre del último refugio, pero aún no han pagado el precio de la traición. El justo precio será pagado al contado por su sangre mezclada a la mía. El traidor que ha negociado y vendido la vida de su rey está a su lado, quizás detrás de él, dispuesto a clavarle su puñal en la espalda. ¡Gonzalo el Seniz, que la semilla de tu raza maldita se derrame en las entrañas del infierno!

Subo por el sendero abrupto de la caverna. Mi corcel debe avanzar sobre la punta de los cascos para no caer al vacío. Por fin, veo la boca de la caverna. Los nazarenos aún no han llegado. Estoy a tiempo. Mi caballo no puede seguir más adelante. Lo sujeto a un arbusto y sigo a pie, sin ruido.

Levanto los ojos y veo aparecer al rey. El Seniz está detrás de él; levanta la culata de un arcabuz. Grito con toda la fuerza de mi cuerpo. ¡Demasiado tarde! El golpe es terrible. El rey cae ya cadáver: acaba de morir ante mis propios ojos. Airado hasta la locura, me abalanzo sobre el Seniz. No puede escapar. Piensa derribarme de un arcabuzazo, pero veo centellear la mecha y me tumbo. Oigo el ronquido de la bala. Me lanzo de nuevo sobre el Seniz. Intenta huir. Tropieza y se da la vuelta en el momento preciso en que la hoja separa la cabeza del cuerpo. Me enderezo para ir a cerrar los ojos de mi rey, pero me veo rodeado de nazarenos. ¡Es una trampa! ¡Esperaban que acabara con el traidor para ahorrar el precio convenido! Antes de que pueda reaccionar, treinta nazarenos se apoderan de mí. ¡Mi último combate habrá sido contra un creyente!

Asisto, cubierto de cadenas, a los ritos nauseabundos de los nazarenos. Han traído sacos llenos de sal. Vacían el cuerpo del rey, lo llenan de sal, lo cosen y lo atan desnudo sobre mi caballo. Un oficial admira mi Leona y me dice, riéndose, que la va a regalar al presidente de la chancillería de Granada, don Pedro de Deza. No puedo retenerme y vomito. Camino detrás de mi rey, pobre despojo de una causa perdida. El desfile macabro sigue su paseo triunfal por los pueblos del reino. Al día siguiente, estamos en Granada. Los nazarenos festejan su victoria con alborozo. Escupen sobre el rey y sobre mí, se ríen y bailan bebiendo vino. Después de la fiesta, me obligan a asistir al degüello del rey. Meten su cabeza en una pequeña jaula de hierro y la cuelgan por encima de la poterna que hace frente al Mulhacén. Tengo mucha sed y le pido agua a un soldado. Quiere obligarme a beber vino. Me niego. Me llama puerco morisco y me escupe en la cara. Tras ese último rito nazareno, me entregan a la autoridad inquisitorial de Granada. La guerra ha terminado: estamos a 16 de marzo de 1571. Es la última fecha que alcanzaré a saber con certeza. Me espera la otra cara de la moneda: pasadas las puertas de la Inquisición, no hay esperanza. Ni luz. Sólo Dios es grande.

## XIII

## EL TRATO DE FAVOR

El arte del carcelero consiste en hacer esperar; en prolongar hasta el paroxismo la pesadilla que envuelve a su víctima. El arte del preso consiste en diluir el tiempo, en calmar los demonios de la angustia.

Tras un interrogatorio preliminar, el secretario me ha comunicado que tendría derecho a la celda muy estrecha, lo cual significa que ahora estoy sumido en las tinieblas y encadenado a la pared. Un aro de acero sujeta mi cuello a un anillo anclado al muro, lo cual impide que me pueda acostar. De vez en cuando, una vasija de agua y un poco de pan, traídos por un sicario nazareno, me impiden morir de sed o de hambre. Estoy empapado en mis propios excrementos. Lamento mucho no haber podido defenderme antes de caer entre sus garras. Sobre todo, sufro de haberme dejado engañar tan fácilmente por los nazarenos. En el fondo, merezco este castigo por no haber sido capaz de socorrer a mi rey. He perdido toda noción del tiempo que pasa. Mi vida se ha inmovilizado. Al principio, la angustia me reventaba el corazón. Se me hizo tan evidente la inutilidad de ese esfuerzo, que me acordé de los consejos del viejo sufí de Cairuán. La verdad y la luz entran en mí, si me pongo a hollar el camino hacia Dios. El Misericordioso me concede el poder de salir del tiempo. A ratos, consigo ver las cimas nevadas y las sobrevuelo.

Estoy brutalmente deslumbrado. No los oí penetrar en mi celda. Me liberan del muro que me retiene, pero he de conservar mis cadenas para seguir, tambaleándome, a mis guardias. Nadie me dirige la palabra. Tras un pasillo interminable, una escalera que sube hasta una puerta. Más allá, otro universo: el de los jueces nazarenos. La sala parece inmensa. Delante de mi, una mesa alargada con, en su centro, el inquisidor. A su derecha, el secretario con su papel, su pluma y su tintero. A su izquierda, otro nazareno vestido de blanco y negro. Me obligan a ponerme de rodillas ante la mesa. Miro al inquisidor. Lo conozco: cuando éramos niños, nos delataba al alguacil para obligarnos a pagar multas o a recibir azotes. No recuerdo su nombre, porque le llamábamos «la Rata». A mi izquierda, veo una gran cruz de san Andrés de madera, con anillos para sujetar a las víctimas de los ritos nazarenos. Lo más probable es que mi aventura termine allí. Ninguno de los nazarenos me mira directamente. Sus ojos son esquivos: suben, bajan, se desvían, me evitan. Sus miradas se clavan con más facilidad a las espaldas que a las caras de sus víctimas. Intuyo que el inquisidor sabe quien soy. Toma la palabra. Su voz sigue igual de nasal, un poco menos aguda que antaño:

—Francisco el Partal, alias Shams ben Fares: si tu alma torcida lo desea, puedes pedir la reconciliación. En un alarde de misericordia, este tribunal te ofrece la buena muerte a cambio de tu arrepentimiento. Recibirás el don más preciado que se pueda imaginar, justamente el de la buena muerte.

Tus sufrimientos, tu vida misma, no son más que centellas irrisorias ante la eternidad. Te ofrezco la salvación eterna que viene después de la buena muerte. ¿Sabes realmente lo que significa la buena muerte? Es la muerte de quienes han vuelto al santo regazo de nuestra santa madre Iglesia, es la muerte de quienes han puesto su esperanza en Dios. Para ti, la buena muerte significa que a pesar de tu carne que ya está perdida, puede salvar tu alma y evitar lo peor, es decir, la condena a los tormentos eternos del infierno. Pero antes, debes brindar pruebas fehacientes de tu arrepentimiento y de tu buena fe. Debes denunciar a todos los miembros de tu familia que son, de pensamiento y en acto, herejes de herejía vehemente. Los conocemos a todos, pero sólo así podrás demostrar tu buena fe ante Dios y éste Su santo tribunal. Antes de escuchar tu confesión completa, este tribunal ha decidido concederte un trato de favor: sólo recibirás cincuenta latigazos, con el fin de preparar tu alma, merced a esa generosísima y santa mansedumbre, al abandono de tus errores criminales. ¡Verdugo!

Me cogen y me arrastran hacia la cruz de san Andrés. Me quitan mis cadenas y me atan a la cruz. Mi mente se niega a lo que está pasando pero, muy a pesar mío, me pongo a gritar a partir del sexto latigazo. Nunca he sentido un dolor tan horroroso. Es diabólico. Esa lengua de fuego surgida del infierno arranca carne y gritos. Cuento veintiocho latigazos antes de hundirme, incapaz de sufrir más.

Despierto en las tinieblas. Debo estar en mi celda, porque puedo sentir las rugosidades de la pared contra mis llagas. El látigo vuelve a surgir en mi memoria. Ya no soy capaz de escapar al demonio del tiempo y de la angustia. Pasa mucho tiempo. Finalmente recobro fuerzas suficientes para llorar de vergüenza. La próxima vez, no gritaré.

## XIV

## EL NOMBRE DE DIOS

Las tres llaves gimen en sus cerraduras. No oí sus pasos a pesar de que no estaba durmiendo. Leila iluminaba las tinieblas de mi celda; jugaba junto al granado... se desvanece en el fulgor de una antorcha. Mi cadena emite un sonido líquido al correr en el anillo que me retiene al muro. Los guardias me conducen a la sala de interrogatorios. El nazareno está sentado, como la otra vez, detrás de su mesa. Su mirada no se atreve con la mía. A sus lados, un viejo secretario espera, con su pluma en la mano. Me obligan a arrodillarme delante de la mesa. Aquí la solería es menos fría que en mi celda. Me duelen las rodillas. Tras un silencio larguísimo, el nazareno toma la palabra con tono sepulcral. Pequeño nazareno se cree grande. Hoy tengo la intención de responder. Le daré trabajo al viejo secretario.

—¡Hereje! ¿Admites que la verdad no puede ser si no es única? ¿Admites que la Revelación no puede contradecirse?

—Creo, nazareno, que Dios ha dispuesto revelar sólo lo que conviene a la armonía de Su creación. Puede, porque es omnisciente, permitirnos seguir la evolución del universo porque somos parte de él.

—Entonces, ¿crees que Dios puede contradecirse en el curso de esa evolución?

—No hay contradicción sino nivel de revelación.

—¿Nivel de revelación? ¡Hablas pues de tu secta infernal! ¿Quieres decir que Moisés y Nuestro Señor Jesucristo son verdaderos profetas al igual o quizás menos que tu camellero maloliente y piojoso? ¿Crees pues que judíos y cristianos pueden hallar la salvación, la misma salvación, que tú en tu secta maldita? Pero negáis, tú y el judío, la verdad del Redentor y Su filiación divina. ¿Cómo puedes creer que la salvación se alcanza a través de semejante contradicción? Tu Corán contiene, lo sé, ese disparate y muchos más.

—La memoria de mi pueblo me ha sido transmitida a pesar de la destrucción de nuestras bibliotecas. 'Abd Allah ben Buluggīn, el último rey de los Banu Zīri de Granada, compuso un libro en el exilio y lo tituló al-Tibyān. Lo habéis quemado pero no podéis mermar la verdad que nuestros padres nos han transmitido. Escucha lo que dijo nuestro rey dirigiéndose a los nazarenos: «Afirmáis que después de vuestro profeta no hay más profetas y que vuestra religión anula todas las religiones; sin embargo, sólo lo podéis decir de manera certera si rechazáis los profetas que preceden al vuestro. ¿Pero no había profetas y revelaciones incluso antes de Moisés? A pesar de eso, decís que ninguna revelación puede anular a otra, es decir, la vuestra; se sigue que si debíamos creer lo que decís, vuestra religión no podría anular las revelaciones que le preceden, ni tampoco las que le siguen. Dios todopoderoso no abandona a Sus criaturas sobre el sendero del error».

Por lo tanto, nazareno, te contesto que soy una persona, no un principio intangible.

—¿Sabes lo que significa la palabra «persona»? Significa «máscara». La máscara que llevaban los saltimbanquis en los teatros paganos. «Persona» quiere decir «mentira». Lo acabas de reconocer tú mismo: no eres una persona sino una criatura de Dios. Eso significa que eres una criatura de la Verdad eterna. Al rebelarte contra la Verdad, cometes un crimen inconmensurable, porque te rebelas contra ti mismo, criatura de Dios. La República cristiana tiene el deber de extirpar sin piedad sus miembros enfermos; todo individuo debe vomitar su veneno para poder sobrevivir.

—¿Es un veneno adorar a Dios en lugar de un ídolo con forma humana? ¿Acaso no es el colmo de la profanación adorarse a sí mismo?

—¡Mentira y blasfemia! ¡El verdadero creyente no adora la imagen sino a lo que la imagen representa! ¡Tú lo sabes!

—Yo no puedo representar lo que ignoro, lo que todos ignoramos. Dios no tiene forma porque no tiene límite. Dios es, sencillamente. La blasfemia consiste en tener la presunción de representarlo, de adorar el fruto impío de esa presunción. Eso, nazareno, tiene nombre: se llama idolatría. Eres rico, nazareno, y yo soy pobre. Posees una inmensa biblioteca, mientras que nuestra memoria escrita fue quemada hace ya setenta y dos años. A pesar de todo, si lo deseas, nazareno, aún te puedo mostrar cómo representamos al Creador del universo.

El nazareno siente curiosidad. Le pido un pincel, tinta y papel. Le voy a mostrar le perfecta belleza del nombre de Dios en la escritura de los creyentes. Le voy a mostrar que Él tiene mil nombres pero sólo una esencia, y que Su morada está en todas partes. El nazareno da órdenes a un guardia y espera, silencioso, mirando fijamente sus manos. Hasta este momento, no se ha dignado, o no se ha atrevido, a cruzar miradas conmigo. Sin embargo, no tiene nada que temer, está libre, está rodeado de guardias armados, mientras yo estoy cubierto de cadenas. El guardia vuelve con un pincel. Ya hay papel y el tintero del secretario sobre la mesa. El nazareno coge el pincel y le da vueltas dos o tres veces entre sus dedos. Habla con voz baja, sin levantar los ojos del pincel que parece fascinarle. Dice:

—Presta atención a lo que voy a decirte. La Santa Iglesia Apostólica y Romana no es universal por la voluntad de los hombres sino por la voluntad de Dios. Yo no hago más que servir esa voluntad. Si fueras solamente capaz de comprender, no estarías aquí, o quizás estarías a mi lado, vestido de blanco y de negro. No, no digas nada. Escucha bien lo que voy a decirte. Como tú, he viajado mucho. Por ejemplo, conozco a los hombres del norte, los hiperbóreos que hablan un idioma inimaginable. A veces viven bajo el sol de medianoche pero la mayor parte del tiempo, padecen las tinieblas perpetuas del invierno. Incluso ahora que han sido cristianizados, creen en una especie de secreto inviolable e inefable del individuo. Llevan ese terrible error en su sangre: ¿no ves que han sido petrificados por el frío? De nada sirve predicar la verdad a quienes piensan según su sangre, con su sangre, porque esa sangre es un desierto de hielo en el que nada nace ni crece. Debemos vencerlos como te vencimos a ti, en nombre de la Verdad suprema. La justicia, el bien que de ella deriva para todos, sólo es pensable a ese precio. ¿Por qué soñar con un mundo contrario a la divina Verdad? En verdad te lo pregunto: ¿por qué? A cada instante de su miserable existencia, todo infiel, todo hereje puede elegir el bien si lo desea. ¿Por qué no lo hace? Porque el mal es una pendiente irresistible que lleva en su propia sangre. Su linaje levanta una valla infranqueable de muertos impuros entre su entendimiento y la Verdad; su sangre maldita lo transforma en fiera homicida, en enemigo implacable de la República cristiana que no es nada si no es Amor, Amor de cada uno por todos y de todos por cada uno, Amor en el nombre de Dios. En el seno de la República cristiana, cada cual está sumiso ante la regla de Amor que lo hace inerme ante la Bestia. Por consiguiente me toca a mí la pesada tarea de proteger la obra de Dios sobre la tierra, es decir la santa Fe católica, hasta el fin de los tiempos. Si es absolutamente fiel a su cometido, el esclavo de Dios es siempre inocente. Yo soy fiel, yo soy, yo, yo ¿entiendes? ¡Yo soy el esclavo de Dios, el guardián justo, el que vela por la integridad de la República cristiana! La salvación de miles y miles, y todavía más miles de almas depende del absoluto rigor de mi inmaculada inocencia. Créeme, créeme si sufres: ¡no hay sufrimiento inocente ante Dios! Ahora, si te atreves, si no te tiembla la mano ante tu juez, ¡haz tu dibujo!

Otra vez más, da una orden al guardia. Mis cadenas caen una tras otra. La ausencia de su peso me da vértigo; me cuesta levantarme. Cojo el pincel. Me doy cuenta de que mi mano tiembla. Quedo un momento en pie, sin hacer movimiento alguno. Respiro profundamente para sosegar mi corazón, ese corcel alocado que se lanza a ciegas sin ir a ninguna parte. Sé que el Misericordioso guiará mi mano porque estoy sobre la vía que el ermitaño de Cairuán me enseñó. Me lanzo. De derecha a izquierda, trazo las letras sagradas entre todas la letras: *alif, lam... Allah*. Los trazos verticales se enlazan con los curvos, el espacio se convierte en ornamento… nunca había conseguido escribir con tanta perfección. No digo nada: espero. El nazareno recoge el papel y lo mira un largo rato antes de emitir su sentencia.

—Dibujas bien.

—No es un dibujo. Es la Escritura, el nombre universal de Dios.

—¡Escribes al revés! ¡El revés de Dios es Satanás! ¡Te has traicionado a ti mismo!

—Al contrario. Escribo al derecho. La derecha tiene precedencia sobre la izquierda; es fuente y punto de salida.

—La izquierda es al contrario la fuente que tiende a la perfección, ¡hacia la derecha! El nombre sagrado de Dios se escribe por tanto de izquierda a derecha. Te has delatado, ¡impostor! ¡Has escrito el nombre maldito de Satanás al revés, para alejarte de la perfección! ¡Tú eres el portavoz, el portapinceles, el portanombre de Satanás!

—Dios está por todas partes, en todos los nombres revelados en el Libro. El profeta Jesús escribía también de derecha a izquierda. Todos los que creen en el Libro serán salvados.

—¡Blasfemia! ¡¡¡Blasfemia, blasfemia, blasfeeemia!!!

El nazareno pierde los estribos. Me vuelven a encadenar. Noto con sorpresa que mi cuerpo recibe su peso con alivio. Incluso en su presente estado de ira, el nazareno no cruza su mirada con la mía. Gritó «blasfemia» mirando al techo. Se tranquiliza y vuelve a fijarse en sus manos. Se da cuenta, también él, que sus manos tiemblan. Con gesto nervioso, oculta sus manos en las amplias mangas de su vestido. Se inclina hacia delante, apoyándose sobre la mesa, los ojos clavados en el muro detrás de mí. Su mirada está velada.

## XV

## PURIFICACIÓN POR EL AGUA

Como en el juego de ajedrez: yo soy el peón que hay que sacrificar, pero eso tiene protocolo. A los peones se los sacrifica en servicio de una razón superior. Mejor sacrificar un peón que no una pieza importante. ¡Una suerte que nuestro rey haya muerto! A las ideas no se las sacrifica. Hay diferencias, eso sí, diferencias importantes. Se sacrifica el peón, pero sigue intacto para la partida siguiente. Aquí se le tortura y se le quema vivo. Hoy he ganado el derecho a que me torturen por haber blasfemado por escrito. Según los adoradores de cadáveres, el nombre del Misericordioso es una blasfemia. ¿Qué me van a hacer? Ya lo sabré: oigo pasos que se acercan. Aún me queda camino que recorrer antes de alcanzar las huríes que allí arriba me esperan. Debo merecerlas plenamente. Espero que no sean capaces de hacerme gritar. Las tres llaves chirrían en su trinitaria cerradura. Aparecen el verdugo en persona y su ayudante, pequeño adorador de la muerte. Me quitan el aro del cuello. Mis cadenas suenan a campanillas de bailarina. Ahora, las escaleras. Las subo, obligando mi rostro a tomar una expresión serena. La sala de los interrogatorios está vacía. En el círculo de luz, la cruz de san Andrés está dispuesta en diagonal, un extremo al suelo, el otro dispuesto sobre un caballete. Me atan a la cruz, con la cabeza arriba. El verdugo sale, seguido por su mozuelo. Espero. El tiempo de la incertidumbre es una tortura refinada, los nazarenos no se privan de ella, pero no saben que soy capaz de soñar, que mi espíritu vuela y juguetea allá, por las laderas de Mulhacén. Veo a mi Leila, cerca de la fuente, recogiendo flores de granado. Pobrecita Leila, tan guapa, el invierno es rudo para tus delicadas mejillas, deberé ponerte un bálsamo para protegerlas. Vuelve el mozalbete; trae una mesita. La deposita delante de mí. Para verla, debo levantar la cabeza. Me pesa la cabeza, no tengo donde apoyarla. Ahora, el mozuelo trae una silla; llega el nazareno. Se acerca bajando los ojos. Oculta su mirada, si es que la tiene. Se sienta, acomoda su sayo y da una palmada: el mozo le trae papel, una pluma y un tintero. Pasa otro lapso de tiempo largo. El nazareno toma finalmente la palabra: «¡Hereje! Blasfemas al invocar al revés el nombre apestoso del Enemigo y no estás solo. ¡Tienes familia, amigos, compañeros, cómplices! ¡Herejes todos ellos, y cómplices de tu infamia! Me vas a dar sus nombres que ya conozco, y vas a describir sus actos impíos contra Dios y el rey, que ya conozco. Antes de ser entregado al fuego purificador, serás sometido a la ley de los contrarios. ¡Lo contrario del fuego es el agua! Hablarás después, si quieres reconciliarte con la Santa Madre Iglesia. ¡Verdugo!» El verdugo se acerca por detrás. No lo puedo ver. Me coge la cabeza e introduce por fuerza una palanca entre mis dientes. No puedo resistir, siento que mis dientes se despedazan. Mi boca ensangrentada esta abierta: introduce la extremidad engrasada de un embudo hasta el fondo de mi garganta. Con voz sobreaguda, el nazareno grita que el embudo ha sido engrasado con grasa de puerco. Empieza a correr agua, a correr sin cesar, me llena el vientre y los pulmones, voy a ahogarme, a estallar, no puedo ni respirar, ni escupir, ni toser, me penetra un río infernal que lo raja todo. No puedo vomitar. Siento la orina que corre sobre mis piernas. El tiempo se ha inmovilizado, mi cabeza brama en silencio. Estallo y me hundo en la noche. Me despierto en medio de un charco nauseabundo. Estoy encadenado en la oscuridad de mi celda. Ya no puedo soñar; debo esperar que el sabor a sangre mezclada con inmundicias nazarenas se vaya atenuando. Intento escupir, vomitar... Tengo frío.

# XVI

## SAN ANDRÉS

Oigo pasos. Otra vez me vienen a buscar. Las tres llaves chirrían en las cerraduras. La luz me hiere como una puñalada en los ojos. Separan mis cadenas de los anillos anclados en la pared de mi celda y me obligan a caminar en las entrañas del antro. Casi no puedo mantenerme de pie. Sigo la antorcha como una mariposa deslumbrada que muy pronto será quemada. Por fin, las escaleras. Subo hacia la sala de los interrogatorios. Penetro en el lugar que conozco mejor que mi propio hogar. Otra vez me van a someter a pregunta con tormento. El nazareno está solo, detrás de su mesa. A su derecha, sigue allí la maldita cruz de san Andrés sobre la que casi me muero ahogado. Esta vez me harán otra cosa. Rechazan la verdad pero a los nazarenos les gusta la variedad. Si tengo la boca libre, no dejaré que se me escape un solo grito. Los guardias pasan mis cadenas en los anillos incrustados en la pared que hace frente al nazareno. Me encuentro sumido en la sombra; al otro extremo de la sala, el nazareno está dentro del círculo de luz. Los guardias salen. El verdugo está cerca de mí, en la sombra. En su mano lleva algo que se parece a una trampa para lobos. Sin duda alguna, se trata de una tortura novedosa, diseñada para inspirar amor hacia el Padre, el Hijo y el Espíritu Santo. El nazareno escribe durante mucho tiempo. Finalmente, levanta los ojos. Su mirada es de ciegos; no me puede ver. Diga lo que diga, haga lo que haga, no diré nada. Ya he dicho lo que debía decir; sabe que yo no miento, pero eso es irrelevante. ¡La verdad! Esa es la enemiga mortal de la santa fe católica. Santa Fe de Agen, niña martirizada, su cuerpo raptado y puesto sobre el camino que va desde San Miguel hasta Santiago, venerada porque hacía caer la cadenas de los condenados. Esa puesta en escena es la representación fiel de sus almas, el revés negro de la vida común. El nazareno se prepara para tomar la palabra. Se cree aterrador: nasaliza, hablando lentamente:

—Francisco el Partal, has blasfemado contra el Nombre de tu Creador ante este tribunal, por lo que has cometido el crimen más abominable que se puede imaginar. Tu castigo debe ser ejemplar porque, si no, la ira del Dios de los Ejércitos recaerá sobre todo el reino. Tu alma es demasiado insensible para comprender la amplitud de nuestra misericordia y la grandeza de la justicia real, a la que hemos recomendado clemencia, como es costumbre. Tu cuerpo vivo será entregado al brazo seglar y consumido por las llamas. Tu alma será entregada a Satanás, Satanás cuyo nombre maldito has osado invocar por escrito, en nuestra presencia, ante Dios y ante los hombres. ¿Ves este libro? Es el Evangelio, la edición más bella jamás elaborada de la divina Verdad que tanto desprecias. Fue impresa hace tiempo en la Universidad de Alcalá por el gran Inquisidor en persona, el cardenal Jiménez de Cisneros que Dios haya en Su gloria. Este ejemplar entre todos precioso está anotado por su misma mano pero, como puedes ver, su encuadernación no está a la altura de su contenido; una simple piel de cordero apenas labrada. Veamos pues: ¿serías capaz de imaginar una piel que fuera verdaderamente digna de proteger el Libro de los libros? ¿No? ¿No puedes contestar? Ayer, eras más diserto, pero no importa, contestaré por ti, pero antes vamos a procurar que no vuelvas a blasfemar nunca más.

El nazareno hace una señal al verdugo. Éste se acerca: la trampa para lobos es en realidad un bozal de hierro que mantiene la boca abierta. El verdugo es un maestro. En pocos instantes, siento que mi mandíbula se ha desencajado. El verdugo sale. El nazareno baja la cabeza y vuelve a escribir. Algo infernal está pasando. Si se tratara de despellejarme, de quitarme la piel para forzar mi fe, no hubiera salido el verdugo. Basta con un cuchillo para despellejar a un penitente. Aquí los cuchillos no faltan. El verdugo ha ido a buscar a alguien. Ya vuelve. Delante de él, hay un niño... una niña... ¡¡¡Leila!!! ¡Te creía en Sevilla o en Toledo! ¿Y Arrusa? ¿Qué han hecho con mi madre? ¡Ah, mi tesoro! ¡Te guardaban para esta ceremonia satánica! Mi pobre Leila inocente, vida de mi vida, ¡qué horror, qué pesadilla infernal! Tú no me ves a mí. Me has oído y miras hacia mi. No puedo protegerte, no puedo hacer nada, mi corazón va a estallar, mi vida, mi nenita, el verdugo te arranca los vestidos, ¡te sujeta a la cruz de san Andrés! ¡¡¡SAN ANDRÉS!!! Quiero cerrar los ojos pero no debo, no cerraré los ojos, no lo haré, ¡seré tu testigo ante Dios! El nazareno se levanta, oh, mi vida, mi amor, saca su sucio miembro, te hiere, te mancha, tus gritos me queman, ¡aaah! La rata viscosa vuelve a su mesa, reajustando su traje de demonio. El verdugo, el cuchillo... Oh, mi amor, mi amor, te arrancan la espalda de cuajo... mi pequeña...

# XVII

# ¡LOS AMARÉ!

No soy capaz de saber si estoy despierto o si me he anegado en el mundo de los sueños. Paso de un estado al otro, impelido por el sufrimiento. En Cairuán, mi maestro decía que el hombre puede hacerse libre invirtiendo el orden natural. Quizás podré hacer que caigan estas cadenas y que Leila vuelva a la vida si mi sueño se convierte en vigilia y mi vigilia en sueño. Quizás me haga falta algo más potente para poder vencer a ese nazareno: sí, vencerle a la manera de su profeta, que se proponía vencer amando a sus enemigos. Si amo a ese nazareno, seré libre, Leila será libre, seremos todos libres. Debo amarle, amarle, amarle, ¡ah, como me duele!

Me vienen a buscar. Heme ante el tribunal completo; sólo las narices agudas de esos señores sobrepasan la sombra de sus capuchos; no hay miradas a las que agarrarse. El nazareno escribe, siempre. Los guardias me obligan a arrodillarme. Él no levanta la cabeza, quizás le pesa demasiado. El secretario recita con voz monótona: «La celda muy estrecha está reservada a los herejes apóstatas y relapsos. Francisco el Partal, conocido por el mote de Shams ben Fares, seguirás recluido en celda muy estrecha, a la espera de que se te entregue al brazo seglar. Que Dios se apiade de tu alma de faraón. Llevarás puesta la máscara de blasfemadores hasta el final, el hierro no teme las llamas».

¿Apóstata y relapso? Por fin, tengo mi sentencia. Llevo este bozal de hierro para que no pueda denunciar la lubricidad homicida de este nazareno que he de amar. Se oculta detrás de mi silencio como antaño lo hizo en la sombra. Incluso cuando era niño, no se atrevía a exhibir su fealdad mientras espiaba nuestros juegos. Sin embargo, ¿de qué le sirve ocultarse si todos se parecen? ¿Acaso no saben que Dios lee en sus corazones antes de escuchar sus palabras y sus silencios? ¿Acaso no saben que Dios lee en sus pensamientos y que Él es el juez supremo? Venden sus almas por un puñado de oro y caen en éxtasis ante el sufrimiento de los inocentes. He aquí al representante del Dios de Amor, mi confesor, que viene a confesarme. Se ve obligado a inventarlo todo, porque no tiene derecho a quitarme este bozal infernal. «Arrepiéntete», dice, «ya no puedes salvar tu cuerpo corrompido pero aún estás a tiempo de salvar tu alma abrazando la fe verdadera. ¡Una sola señal, y estás salvado! ¡Estás a tiempo para ver la luz!». Luz negra de usureros lúbricos. Me lo han quitado todo, debo amarlos a todos. ¡A todos! Me han quitado mi pueblo, mi padre, mi madre, mi esposa, mi pequeña Leila, ¡manchada y ensangrentada en su placer nauseabundo! Pobre muertecita, su piel morena y sedosa ¡para encuadernar su Buena Nueva! Los amaré con todas mis fuerzas. Leila no volverá a escribir con su cabellera para divertir a su padre, su pelo curvado como oscuras culebras sobre el mármol blanco. Su risa no se acoplará más con el murmullo de las fuentes y el grito fugitivo de los vencejos. Me han quitado su risa, el jardín, los granados, la fuente, la tintorería, la seda, el oro. ¡El oro! Su fulgor los ciega tanto que no ven el abismo abierto bajo sus pies. Me echan en las tinieblas, me cubren con cadenas, pero sigo viendo a mi Leila jugando junto a la fuente, oh, cara de ángel, gracias a ti aún puedo ver la cumbre nevada de Mulhacén, veo los cerros, los manantiales, los morales, las nubes que corren sobre la Alpujarra. ¡Gracias a ti los amaré! No resucitarán a sus muertos, retorcidos en el infierno, lombrices inmundas aplastadas por los combatientes de la fe, pero tú, mi Leila de terciopelo, vives en mi corazón, donde ya no pueden alcanzarte con sus sexos apestosos y sus ganchos. Ya no pueden nada contra nosotros, nada. Nos quitan nuestros hijos, nuestras tierras, nuestro dinero, nuestros cuerpos, ¡pero a cambio nos dan la eternidad! Somos libres, seguiremos libres, basta con amarlos.

# XVIII

# ETERNIDAD

¡La eternidad! Cuando era chaval, a veces venía un jesuita a casa de mi padre para que le tiñera algún paño. Ese jesuita se preocupaba por la salvación de mi alma y me preguntaba sobre mi educación, mis lecturas, mis intereses. Un día, le pregunté yo: ¿Qué es la eternidad? La eternidad, dijo, es la duración que parece no tener fin. Imagina que el universo sea una bola de bronce y que, una sola vez por siglo, una golondrina rozara esa bola enorme con su ala. Imagina que un día la bola estuviera enteramente gastada por ese roce; pues ¡allí es cuando empieza la eternidad! Reflexioné mucho tiempo sobre esa respuesta astuta. Ahora me doy cuenta de su debilidad. La metáfora del jesuita implica un principio y una duración larga pero limitada. La eternidad no tiene principio ni fin. Aún no soy capaz de entenderlo pero lo siento. La eternidad no es inmensa porque la inmensidad supone un más allá. Recuerdo que antaño creía haber entrado en esta oscuridad y que mi angustia medía el tiempo. El momento siguiente podía traer un acontecimiento, una comparecencia ante el tribunal, una tortura, un sufrimiento. Después, no hubo más duración. A medida que se iba cristalizando el sufrimiento de mi cuerpo, me convertía en parte de la oscuridad, de la rugosidad de los muros, de mis cadenas, de mis excrementos. La duración no tenía sentido porque los nazarenos me nutrían con pan y agua a intervalos regulares. A modo de burla, lo hicieron también después de que me pusieran el bozal, que no me dejaba comer ni beber.

Mi cuerpo se está disecando como las flores del farmacéutico. Hace tiempo que no me rebelo contra la oscuridad, el silencio y el aburrimiento. Poco a poco, me adentro en mí mismo y soy capaz de moldear mis recuerdos de mil maneras diferentes. Vivo mil vidas, luego mil más, todas distintas, cada una más luminosa y real que la anterior, cada una más mentirosa. Habré fecundado mil veces a Elvira, pelirroja como un rayo de sol que amanece, y mil veces recibo a mi pequeña Leila morena en mis brazos. La hago escuchar las voces de todas las fuentes de al-Ándalus. Mido mi propia duración fuera de esta oscuridad encadenada. Sé que la eternidad será comprensible si los latidos de mi corazón dejan de ritmar esta nueva realidad. Cuando eso ocurra, sabré por qué la eternidad no tiene extensión ni duración, porque yo mismo seré entonces, sin contradicción, la eternidad.

## XIX

## UN OCÉANO DE AMOR

Se ha rasgado el sueño. La Verdad está al final de esta última subida hacia la luz de los hombres. Me ponen un sambenito. ¡Sambenito! ¿De dónde sacarían la idea estrafalaria de llamarle santo-bendito a este capucho infamante? Me han atado un crucifijo entre las manos. Esos borrachos son verdaderamente unos idólatras demoníacos, que prefieren el crujir de la carne humana al murmullo de una fuente, al suspiro de la enamorada y a la risa de una niña. No se dan cuenta de que la imagen torturada de su Dios está condenada a la misma hoguera que yo. ¡Ese devorador de inmundicias, ese despellejador de niñas inocentes me puso un bozal, como a un perro, antes de preguntarme si estaba yo dispuesto a recibir los beneficios de la verdad para salvar mi alma! Cree que le tengo miedo a él, a sus ídolos, a su hoguera. ¡*Ya Allah*, que ingenuos son esos nazarenos! Se imaginan que el miedo existe entre los creyentes. No tengo nada que perder excepto justamente la salvación de mi alma. Tendré mi descanso eterno gracias a ese pequeño nazareno. Lo miro con amor, y se da cuenta. Tiene un gesto de ira. Está sentado allá arriba, sobre su estrado, con su flor blanca. ¿Cuántas veces habrá cantado vísperas? Cuántas veces habrá cantado las palabras *deposuit potentes de sede...* Yo sólo hice lo que debía. Vendrán otros porque Dios es clemente y misericordioso; habrá otros, y después otros más. ¡Nazareno! ¡No eres más que el simulacro inmundo de un hombre, pero te amo! ¡Precisaste la piel sangrante de una inocente para encuadernar tu Evangelio! Lo hiciste ante mis ojos, ante los ojos de Dios. De mi no obtendrás nada, ni un solo gemido: ¡te anegarás en mi océano de amor! ¡Vendrán otros y darás gritos de terror cuando te pondrán cara a cara contigo mismo!

# XX

# ¡SOY LA VERDAD!

La leña está verde. Seguro que aún vive. ¿Acaso sufre cuando se la quema? Ya es tarde, no lo sabré nunca. Primero la leña, luego yo. Yo sé que sufriré. El azufre se me ha pegado a la piel y está penetrando la carne. Moriré asfixiado por el azufre, por el humo o carbonizado por las llamas. No veo llamas. Aquel otro quería mil maravedíes a cambio de estrangularme a escondidas. ¡Mil maravedíes! ¡El precio de la misericordia, como si los nazarenos dejaran que el dinero de los creyentes se escapara de sus arcones! No debo gritar. Sobre todo, no gritar, no toser, no hacer muecas. No debo permitir que goce ese nazareno de blanco y negro que me está mirando fijamente, con su flor de la inocencia entre las garras. Blancura de la inocencia negra. El rocío jamás ha humedecido un solo pétalo de esa inocencia. Blanco por negro, vida por muerte, gozar por sufrir, verdad por mentira, amor por odio. Me mira sin pestañear. ¡Por fin, se atreve a mirarme! Voy a cerrar los ojos, no puedo impedirlo. Sabrá que estoy sufriendo. Leila, mi pequeña noche aterciopelada, ¡no puedo respirar! Cierro los ojos. Veo el jardín. ¡Cómo canta la fuente! Veo rocío sobre los granados floridos. Ahora debe haber llamas. Quemo, me quemo, no grito, no hago muecas, no toso, no respiro. Ahora sé lo que me está matando. Ni las llamas, ni el humo, ni el odio. Me quema el amor, ah, cómo sufro, ah, no hacer muecas, no moverse, esperar, esperar, un poquito más, esperar más, esperar, esperar. Se acerca el fin. Me mira, me mira sin alma, su mirada alarga el tiempo y el sufrimiento, esperar, esperar. La madera quema y tiene alma, soy la madera, quemo como la vida, soy la vida, soy la creación, soy la noche estrellada, soy el silencio, soy el sueño y la eternidad, me repliego sobre mí mismo, soy la letra *ha*, *ha* la privación, *ha* el pecado, *ha* la prisión, *ha* el acto, *ha* la seda, *ha* el hierro, *ha* la libertad, *ha* el Signo, *ha* quemadura, *ha* amor, amor, Amor, Aaaaah… *Haqq*… ¡Ana al Haqq!

# Índice

I. ARRUSA — 9
II. LA LETRA Y EL SABER — 15
III. REY LEGÍTIMO DE GRANADA — 53
IV. EL JUDÍO EXILIADO — 69
V. ABENABOO — 85
VI. EL BASTARDO — 101
VII. EL ÚLTIMO REY DE GRANADA — 117
VIII. LA DEFENSA DE GALERA — 137
IX. LA CAÍDA DE GALERA — 149
X. LA VICTORIA DE SERÓN — 159
XI. LA PASIÓN DE FRIGILIANA — 171
XII. TRAICIÓN — 179
XIII. EL TRATO DE FAVOR — 185
XIV. EL NOMBRE DE DIOS — 189
XV. PURIFICACIÓN POR EL AGUA — 197
XVI. SAN ANDRÉS — 201
XVII. ¡LOS AMARÉ! — 205
XVIII. ETERNIDAD — 209
XIX. UN OCÉANO DE AMOR — 211
XX. ¡SOY LA VERDAD! — 213

CONCLUYÓ LA IMPRESIÓN DE ESTA OBRA POR ENCOMIENDA DE ALMUZARA EN LA IMPRENTA KADMOS EL 29 DE SEPTIEMBRE DE 2009. TAL DÍA DEL AÑO 1511 NACE MIGUEL SERVET, TEÓLOGO Y CIENTÍFICO ESPAÑOL CUYOS TRABAJOS ABARCARON, ENTRE OTRAS, CIENCIAS COMO LA ASTRONOMÍA, LAS MATEMÁTICAS, LA GEOGRAFÍA O LA MEDICINA.